SERIA
JUMĂTATEA PERFECTĂ

VOL I

CU DUBLU TĂIȘ

ROWENA DAWN

SCARLET LEAF
2017

SCARLET LEAF
TORONTO
ONTARIO
CANADA
COPYRIGHT ROWENA DAWN
ISBN: 978-1-988827-27-8

Dedic acest roman tuturor celor care încearcă să-și găsească sufletul pereche.
Protejați-vă și fiți cinstiți cu voi înșivă!

Cuprins

CAPITOLUL 1

Prezent – 19 iulie ...

Tânăra femeie era aşezată într-un fotoliu comod din holul hotelului. Ţinea o revistă deschisă în poală şi pretindea că citea un articol captivant.

Purta o pălărie uriaşă albastră, menită să-i ascundă jumătate din faţă. Pălăria se asorta perfect cu rochia de vară scurtă, care-i dezvăluia picioarele bine făcute, lungi şi bronzate.

O pereche de ochelari mari de soare negri completau ansamblul şi arăta exact ca Audrey Hepburn în *Şarada*.

Ascunşi în spatele lentilelor negre, ochii ei urmăreau cu atenţie oamenii care treceau pe la recepţie şi care vorbeau cu recepţionerul.

Deja aranjase cu bărbatul mult mai tânăr de la recepţia hotelului să o anunţe când persoana care o interesa a apărut. Trebuia doar să ridice mâna, ca şi cum ar fi spus *'numai o clipă, vă rog'*, urmând să se întoarcă pentru câteva secunde şi să pretindă că verifica ceva pe monitorul computerului.

De când îşi începuse pânda, două cupluri trecuseră pe la recepţie să discute cu recepţionistul, dar şi-au luat cheile şi au plecat imediat, aşa că nu au mai interesat-o.

În sfârşit, după ce a aşteptat mai multe minute plină de nerăbdare, un bărbat înalt brunet s-a apropiat de recepţie şi i s-a adresat funcţionarului.

Acesta a dat din cap şi a ridicat mâna – semnul asupra căruia conveniseră ei doi în prealabil.

Recepţionistul a verificat ecranul computerului câteva secunde, a dat din cap din nou, iar apoi a luat o geantă din spatele contoarului şi i-a înmânat-o bărbatului.

Bărbatul a luat geanta, mulţumind cu o înclinare uşoară a capului, iar apoi s-a întors să privească în jur. Ochii i-au trecut expert peste oamenii din holul hotelului.

Lăsa impresia că este doar vag curios, dar, cu toate acestea, femeia a remarcat cu câtă grijă a analizat pe toată lumea. Îi arunca priviri furişe, de teamă că s-ar fi expus dacă privirea i s-ar fi oprit asupra lui pentru mai mult timp.

Şi-a imaginat că nu l-a impresionat prea mult pentru că, după ce a privit-o din cap până-n picioare, ochii lâncezindu-i pe lungimea picioarelor ei, bărbatul i-a întors spatele şi s-a îndreptat spre lifturi. Probabil nu şi-a imaginat că ar fi putut fi periculoasă şi de aceea nu i-a păsat prea mult de ea.

Din nou, simţurile ei nu au perceput nimic clar despre el, lucru care o supără mai mult decât înainte. Îşi dăduse seama că a dat peste prima persoană din lume pe care nu o putea citi defel şi neputinţa o frustra şi înfuria în acelaşi timp.

Fusese sigură că va reuşi să arunce o privire în mintea lui atunci când s-ar fi găsit faţă în faţă. Nu părea imposibil, pentru că nu ar mai fi fost nici un fel de obstacole prezente care să-i obstrucţioneze percepţia.

Aparent, s-a înşelat. Mintea bărbatului continua să rămână complet opacă viziunii ei.

În momentul în care acesta a dispărut din raza ei vizuală, femeia s-a ridicat cu mişcări fluide şi aparent leneşe. A lăsat revista pe masa de lângă fotoliul pe care stătuse, gesturile ei lăsând impresia că avea tot timpul din lume.

Şi-a netezit fusta cu mişcări lungi şi uşoare, iar apoi ochii ei au măturat întregul hol al hotelului, mobilat cu gust şi având comfortul clientului în minte.

Cu paşi leneşi, s-a îndreptat spre recepţie. Recepţionerul i-a zâmbit cu căldură şi s-a grăbit să vină spre ea, de parcă celălalt client aflat la recepţie nu ar fi contat defel.

Observându-i graba de a o servi, şi-a imaginat că era rezultatul bacşişului uriaş pe care i l-a dat mai devreme.

Cu toate acestea, putea citi şi altceva în spatele zâmbetului strălucitor al tânărului. Bărbatului îi plăcuse enorm jocul lor şi fantezia lui construise tot felul de scenarii pline de suspans.

Atât vârsta lui, precum şi felul în care arăta femeia, îi inflamaseră imaginaţia. Pălăria ei şi ochelarii de soare mari, precum şi aerul uşor clandestin al întregii afaceri în care fusese implicat, îl făcuseră să se simtă ca James Bond sau altcineva asemănător.

-Voi pleca în după-masa aceasta, cred. Nu voi mai astepta până mâine dimineaţă. Bineînţeles, voi plăti pentru noaptea aceasta, nu te teme, îi spuse ea tânărului recepţioner.

Se scuză cu un zâmbet când şi-a dat seama că el spera că aventura nu se va încheia acolo.

Din păcate, pe ea o interesase numai o scenă, iar aceea se jucase deja, chiar dacă rezultatul era dezamăgitor.

-Ne pare foarte rău că plecați, doamnă. Nu v-a plăcut apartamentul? întrebă tânărul, iar îngrijorarea îi sterse zâmbetul de pe buze.

-Oh, nu, mi-a plăcut, nu-ți fă griji, îl asigură ea cu o fluturare a mâinii și un zîmbet larg. Dar știi, deja am închiriat o casă pe plajă pentru mai multe zile și mă gândeam să profit de ea de-acum, știi? îi surâse ea strălucitor. E pe plajă, are și piscină, totul doar pentru mine... Te-ar deranja să-mi pregătești factura înainte de a mă întoarce jos cu bagajele?

-Nu, bineînțeles că nu. Factura va fi gata, doamnă, bărbatul o asigură și se grăbi la computer să o pregătească.

CAPITOLUL 2

Tot în prezent – 19 iulie…

Tânăra părăsi holul hotelului cu mersul său leneş, caracteristic, şi se îndreptă spre rândul de lifturi lucitoare aliniate la capătul unei scări cu trei trepte. Apăsă pe buton să cheme unul dintre lifturi şi apoi aşteptă, jucându-se cu eşarfa ei şi admirând motivul geometric al covorului de pe hol.

Era dusă pe gânduri şi nu-l observă pe bărbatul cu părul negru, ascuns după una dintre coloane. I se ridicase părul la ceafă, avertizând-o de un pericol iminent, dar nu-i dădu nici o atenţie. Părea stupid să fie în pericol în holul unui hotel atât de aglomerat.

Bărbatul o privea fix, cu sprâncenele adunate într-o încruntare teribilă.

Ea nu ştia că acesta auzise conversaţia pe care tocmai o avusese cu recepţionerul şi, de fapt, nici nu îi păsa. Se decisese deja să lase totul în urmă, în trecut, şi să-şi vadă de viaţa ei, aşa că acum era chiar nerăbdătoare să vadă ce-i va aduce viitorul.

Se duse în apartamentul său şi, în mai puţin de zece minute, se întoarse în holul de la intrare. Nu se obosise să despacheteze când ajunsese acolo în dimineaţa aceea aşa că nu avusese nevoie de prea mult timp ca să-şi adune lucrurile.

Îşi plăti factura, lăsând un alt bacşiş generos recepţionerului care o ajutase, iar apoi l-a rugat pe valet să-i aducă maşina închiriată în faţa hotelului.

Închiriase un automobil mic decapotabil, nimic deosebit, doar o maşină cu care să se poată deplasa.

Valetul deja coborâse capota, iar acel mic gest plin de atenţie îi aduse un zâmbet pe buze. În sfîrşit, simţea că vacanţa îi începuse.

Valetul îi puse singura valiză în portbagaj şi geanta cu laptopul pe locul din spate al maşinii. Se aplecă uşor când femeia îi dădu o bancnotă împăturită, împreună cu un zâmbet larg.

Odată aşezată în maşină, învârti cheia în acceleraţie mai întâi, iar apoi porni sistemul de navigare, introducând adresa casei pe care o închiriase pe plajă.

Acum se simţea în siguranţă, aşa că îşi scoase pălăria şi îşi scutură capul. Părul îi căzu pe umeri în şuviţe dese şi ondulate de culoarea mierii, iar razele soarelui de după-amiază reflectau nuanţe de roşu ici colea în culoarea bogată.

Uşurarea că totul se terminase o făcea să se simtă liberă. Ştia că acum lucrurile se vor întoarce la normal şi nu va mai resimţi neliniştea de dinainte şi nici nu-şi va mai pune întrebări care nu aveau răspuns.

Viaţa aşa cum o ştia şi pe care o iubea era din nou a ei. Avea controlul asupra ei şi ştia dinainte cum stăteau lucrurile cu oamenii din jurul ei.

Era fericită că nu o mai măcina incertitudinea, înnebunind-o şi umplându-i nopţile albe cu anxietate.

Conduse încet de-a lungul aleii din faţa hotelului, iar apoi întoarse pe şoseaua care ducea spre plajă. Nu observă SUV-ul negru care o urmărea, lăsând câteva maşini între ei, dar nici măcar nu se gândise să se uite după o coadă.

Conduse cu viteză moderată, cum îi era obiceiul. Nu se grăbea defel. Casa o va aştepta în acelaşi loc, indiferent când ar fi ajuns acolo.

Era în vacanță oricum. Îşi îndeplinise misiunea, iar acum nu mai trebuia să se gândească decât la ocean, soare şi ea însăşi. Va lâncezi pe plajă dimineţile şi va innota în piscină serile.

Deja îşi planificase să stea cât mai departe de lume şi orice fel de stress. Pentru o vreme, avea nevoie de o schimbare. Îşi dorea pace şi solitudine.

Recunoştea că fusese cumva interesant să guste acele sentimente neliniştitoare, chiar dacă uneori o stresaseră. Cel puţin i-au adus o nelinişte ce i-au condimentat viaţa şi nu regreta că s-a simţit puţin diferit pentru o vreme. Fusese cumva... educaţional.

Cu toate acestea, era comod să fie ea însăşi din nou şi să-şi regăsească vechea rutină. Aştepta cu braţele deschise un viitor în care nu trebuia să caute o explicaţie pentru evenimente sau lucruri care mai bine rămâneau o necunoscută.

Casa de vacanţă pe care o închiriase nu era departe de hotel. În nici cincisprezece minute ajunse la destinaţie.

Conduse în faţa bungaloului ridicat la marginea plajei şi îşi opri maşina să admire căsuţa şi împrejurimile câteva momente. Îi plăcea.

Aceea urma să fie oaza ei de pace pentru următoarele zece zile. Priveliştea, dar şi vocea şi mirosul oceanului, înnabuşiră orice regret că a părăsit Montrealul şi şi-a luat câteva zile libere.

După câteva minute, şi-a parcat maşina decapotabilă sub adăpostul improvizat exact pentru aceea şi opri motorul. Coborî din maşină, iar apoi ridică capota. Plătise pentru asigurare, dar nu dorea să aibă nici un fel de probleme la returnarea maşinii.

Tânără respiră cu nesaţ mirosul sărat al mării. Briza îi zburli părul şi ea zâmbi. Un fulger de plăcere îi energiză tot corpul.

Îşi scoase valiza din portbagaj şi deschise uşa din spate a maşinii pentru a-şi lua laptopul. Cu paşi leneşi, parcurse cărarea pavată ce ducea spre casă, iar apoi căută cheile sub ghiveciul de flori din dreapta uşii unde agentul de închiriare îi spusese că le va lăsa.

Intră în casă, închizând uşa în spatele ei. Interiorul era exact cum i se promisese şi arăta mai bine decât se aşteptase.

Niciodată nu avusese încredere în fotografiile prezentate lângă casele sau apartamentele de închiriat şi chiar crezuse că agentul doar lăudase casa pentru a o face să o închirieze.

Cu toate acestea, casa era plină de personalitate şi comfortabilă în acelaşi timp. Mobila din camera de zi părea uşoară şi funcţională.

Îşi lăsă laptopul pe măsuţa de cafea şi se duse să arunce o privire la dormitoare.

Ca să ajungă acolo trebui să urce câteva scări, dar dormitorul principal o încântă. Razele soarelui încălzeau galbenul pereţilor şi cuvertura cărămizie de pe pat.

Îşi lăsă valiza pe podea lângă pat. Nu se mai obosi să-şi schimbe rochia pe care o purta. Ieşi pe terasa din spatele casei, care dădea spre mare. Dorea să se bucure de restul după amiezei.

Îşi turnase un pahar de vin înainte de a ieşi şi îşi luase telefonul mobil cu ea, pentru că ştia că el o va suna. Suna întotdeauna şi nu credea că-şi va schimba obiceiul taman atunci.

Pe terasă, găsi câteva fotolii de răchită şi o masă ovală pentru şase persoane, umbrite de o umbrelă mare, plină de culoare. Își puse paharul pe masă și se întoarse să privească plaja.

Pe nisip, dincolo de terasă, două șezlonguri o așteptau la marginea piscinei dacă dorea să facă plajă. Puțin mai departe, poate după o plimbare de numai două minute, putea să se bucure de valurile mării.

Își lăsă și telefonul mobil pe masă și se așeză intr-unul dintre fotolii. Își întinse picioarele pe un altul și se relaxă. Încordarea ultimelor zile începu să i se disipeze din corp încet.

Își închise ochii câteva secunde și-și lăsă mintea să vagabondeze. Nu dorea să se gândească la nimic anume, ci doar să disipeze toate impresiile pe care le adunase în acea zi și să le abandoneze în trecut unde le era locul. Deja își atinsese scopul.

Abia avu parte de câteva minute de deconectare, când îi sună telefonul. Aruncă o privire ezitantă la ecran și, ca de obicei, arăta *'număr privat'*.

Se strâmbă. Grimasa o făcea să arate mult mai tânără decât era, ca o adolescentă plină de temperament.

Simțindu-se malițioasă, femeia lăsă telefonul să sune de câteva ori și numai după aceea răspunse.

-Alo!

-Kate, ești tu, iubito? auzi pe linie vocea bărbătească pe care o știa atât de bine.

-Da, eu sunt, desigur, spuse ea, încercând să-și oprească mârâitul care i se formase în gâtlej.

Era o întrebare idioată. *Cine altcineva ar putea răspunde la telefonul meu?* Doar nu se înâmplase niciodată așa ceva.

Mai mult decât atât, în astfel de momente, pur și simplu ura cuvântul acela *'iubito'*. Ce o supăra cel mai tare era faptul că nu-şi putea da seama dacă era sincer sau nu şi asta o înnebunea.

Nu înţelegea de ce el era singura persoană pe care nu o putea citi. Era innebunitor să nu ştie ce gândeşte şi care îi erau intenţiile.

-Îţi mulţumesc, dragostea mea. I-am primit. Eşti nemaipomenită, continuă el.

Tonul vocii lui trezi din nou la viaţă fluturii care dormitau în stomacul ei. Timbrul coborât şi uşor răguşit şi o făcea să-şi imagineze un cowboy cu un pahar de whiskey într-o mînă şi un trabuc în cealaltă. Era probabil o reminiscenţă din zilele copilăriei când adora să se uite la filme western.

I se făcea pielea găină ori de câte ori îl auzea vorbind. Se ura pe sine pentru că de fiecare dată, coeficientul de inteligenţă îi scădea la două numere. Se crezuse mai deşteaptă de-atât.

'Bineînţeles, că sunt,' gândi ea, 'probabil fantastic de cretină.'

În ciuda gândurilor sale, răspunse altceva:
-Atunci totul e în regulă, da?
-Da, draga mea, răspunse el, iar apoi tăcu timp de câteva secunde. Te aud de parcă ai fi foarte aproape acum. De obicei nu te aud atât de bine, spuse el pe un ton uşor perplex.

-Probabil că ai obţinut o linie bună, replică ea cu indiferenţă, iar buzele i se arcuiră într-un zâmbet dispreţuitor.

Desigur că o auzea mai bine. Ce Dumnezeu, erau amândoi în acelaşi oraş. Evident, nu avea nici o intenţie să-i spună adevărul. Nu trecuse prin toate acele încercări numai ca să-i mărturisească lui totul.

-Acum totul va fi bine, continuă el, pe o voce fermă. Voi termina ce am de făcut aici și voi veni la tine.

-Nu te grăbi pentru mine, replică ea fără să se gândească, iar apoi închise ochii frustrată.

Kate se temea că el va înțelege la ce s-a referit și va ghici că vrea pur și simplu s-o termine cu el. Nu vroia să mai continue cu acea așa-zisă relație.

-Ce vrei să spui? întrebă el cu aceeași voce dură pe care o folosea ori de câte ori se enerva.

Vocea lui avea o tonalitate mai coborâtă acum și Kate efectiv ura profund nota de autoritate ce răzbătea din cuvintele sale.

Lui Kate nu-i plăcea atitudinea lui. Probabil că bărbatul considera că va răspunde vocii sale poruncitoare și se va comporta corespunzător. Observase că reacția aceea îi era caracteristică și că omul nu reușea să-și controleze vorbele, dar asta nu o făcea să-i displacă mai puțin.

-Vreau să spun că e posibil să părăsesc țara pentru o vreme, Ryan. Probleme de familie, știi cum e, spuse ea. Desigur, telefonul nu-mi va funcționa în afara țării pentru că nu am serviciu internațional. Te voi suna eu când pot, da? spuse ea pe un ton conciliatoriu.

Nu se simțea ea prea conciliatoare în acel moment, dar dorea să încheie conversația și să o termine cu el definitiv.

Ryan nu răspunse nimic pentru o vreme și tăcerea deveni din ce în ce mai apăsătoare și amenințătoare.

-Mai ești acolo? întrebă ea după mai bine de un minut.

-Da, sunt, sunt aici, Kate. Şi când spun aici, asta înseamnă aici, replică el, înfierbântat.

Nici o clipă mai târziu, paşi apăsaţi răsunară pe veranda ce înconjura casa. Kate privi în direcţia paşilor şi-l văzu pe Ryan venind spre ea.

Buzele îi erau strânse într-o grimasă furioasă. Îşi închise telefonul, iar expresia de pe chipul lui nu prevestea nimic bun.

CAPITOLUL 3

Trei luni mai devreme – 15 aprilie...

-Haide, Kate, trebuie să încerci şi tu. Niciodată nu ai timp să mergi nicăieri sau să te înâlneşti cu careva. Magazinul ăla al tău îţi mănâncă tot timpul. Asta este şansa ta, încercă Ellie să o convingă pe Kate, privind-o cu ochii săi mari de căţeluş de pluş.

Kate zâmbi. Niciodată nu putea să o condamne pe biata Ellie. Ea mereu încerca să îi ajute pe oameni să-şi găsească fericirea, deşi fericirea ei personală se găsea sub semnul întrebării. Kate ştia foarte bine că Ellie nu avea pe nimeni special în viaţa ei.

-Nu ştiu, Ellie, replică Kate cu o ridicare a umerilor, iar nehotărârea îi strânse buzele într-o linie subţire. Ştii foarte bine că sunt o mulţime de nebuni pe lumea asta, continuă ea, gesticulând. Şi, de altfel, nu cred că este prea sigur să intri într-o legătură cu cineva pe Internet. Am auzit prea multe poveşti despre ce se poate întâmpla, Kate îi explică.

Kate nu credea cu adevărat că era mai în siguranţă în lumea reală decât era pe Internet. Oameni duşi cu pluta se găseau peste tot, pe stradă, în magazine şi baruri. Citise destule minţi aşa că ştia foarte bine ce gânduri oribile le treceau oamenilor prin cap.

-Bine, Kate, să spunem că ai dreptate, Ellie aprobă. Dar noi două ştim foarte bine că eşti destul de inteligentă să îţi dai seama cu uşurinţă cum stau lucrurile. Ai darul acela special de a ştii când ceva nu este în regulă. Bineînţeles că nu vei merge să te întâlnești cu un tip dacă ți se pare că ceva este în neregulă cu el, Ellie încercă să o asigure, iar apoi își luă ceașca de ceai și sorbi din tizana pe care Kate i-o pregătise ceva mai devreme.

-Da, Ellie, dar un tip poate părea în regulă și asta poate fi înșelător, doar știi asta, Kate insistă, doar că să o ațâțe pe Ellie.

Nu îi plăcea când oamenii încercau să i se amestece în viața personală.

-Cei răi așa sunt, de obicei, spuse ea cu un gest larg. Și desigur, eu, fiind una dintre fetele cuminți și bune, îl voi alege pe cel mai rău dintre ei, glumi ea, dar Ellie nu-și dădu seama că era doar o glumă.

-Nu mai fii așa de pesimistă, replică Ellie plesnindu-i brațul. Hai, Katie, hai să facem niște salate, așa cum ai promis, iar apoi deschidem computerul.

-Care-i legătura dintre salate și computerul meu, Ellie? Kate se prefăcu să nu înțeleagă la ce se referea, numai ca să o tachineze.

Ellie își dădu ochii peste cap și se strâmbă la Kate.

-Știi foarte bine ce vreau să spun așa că nu mai te juca cu mine. Vom mânca și, în același timp, îți vom pregăti un profil. Știu cel mai bun site de matrimoniale.

-L-ai încercat? Kate întrebă peste umăr mergând spre bucătărie.

-Eu? Nu, Ellie se strâmbă urmând-o.

-Atunci cum de știi că este cel mai bun? Kate îi aruncă o privire.

-Una dintre colegele mele l-a folosit, Ellie explică, însoțindu-și vorbele cu gesturi largi. Și s-a măritat, nu de multă vreme. A spus că a fost șansa vieții ei, se asigură ea să adauge.

-Înţeleg, Ellie... Te-ai gândit cumva că, probabil, a fost una dintre puţinele norocoase? Kate întrebă şi, cu o strângere de inimă, deschise laptopul pe care-l lăsase pe contoarul de la bucătărie mai devreme când se întorsese acasă. Statisticile nu sunt foarte încurajatoare, se gândi ea să adauge.

Învăţase că aruncând o statistică, două în conversaţie era în avantajul ei. Nimeni nu se apuca să-i verifice declaraţiile şi mereu avea ultimul cuvânt.

Ellie îi alungă replica cu o fluturare rapidă a mâinii şi se duse să adune ingredientele pentru a pregăti salatele.

Kate se uită în urma ei, nevrând să accepte înfrângerea atât de uşor.

-Ştii că am dreptate, Ellie. Spune-mi, tu ai face-o dacă ai fi în locul meu? insistă ea.

-Eu? Nu, desigur că nu. Şi ştii de ce? Bineînţeles că ştii. Pentru că nu ştiu să citesc printre rânduri. Cred absolut tot ce mi se spune şi mereu am probleme din cauza asta, doar ştii, explică Ellie aducându-i aminte lui Kate despre alegerile idioate pe care le făcuse în trecut. Dar tu nu eşti ca mine, Kate. Tu eşti deşteaptă şi cunoşti oamenii, aşa că ai toate şansele să reuşeşti.

Kate zâmbi. Nu putea face altceva decât să zâmbească. Ellie mereu o punea pe un piedestal, şi uneori se simţea jenată din cauza asta. Acela era unul din motivele pentru care nu putea niciodată să o refuze pe Ellie.

-Bine, cred că mă pot descurca, într-adevăr, ridică ea din umeri. Sunt aproape sigură că nimeni nu-mi poate afla locaţia sau cine sunt, gândi ea cu voce tare. Poate doar oraşul în care mă găsesc dacă ştiu să folosească adresa mea de IP, cred, continuă ea să reflecteze, iar o încruntare îi apăru între sprâncene. Oricum, nu o să-i răspund nici unui lunatic care mă contactează şi nu voi da nimănui nici un fel de informaţie pertinentă despre mine.

Kate continuă să mediteze câteva clipe, iar apoi spuse:

-Bine, Ellie, acum vom vedea cât de inteligentă sunt şi dacă pot să mă descurc într-o astfel de situaţie, Kate concluzionă, iar Ellie începu să ţopăie ca o minge, plină de fericire.

De fapt, Kate avea un presentiment ciudat despre întreaga întreprindere. Simţise o atingere ciudată, ca un semn că un eveniment cu consecinţe profunde va avea loc, şi nu-i plăcu ideea defel.

Ellie râse de îngirjorarea ei şi, după ce preparară salatele, se întoarseră la computer.

-Uite, ăsta este site-ul de care îţi spuneam, Ellie îi arată lui Kate. Uite, Kate, au atât de multe întrebări că nu poţi greşi. Vei găsi bărbatul perfect, îţi spun eu, Ellie îi zâmbi lui Kate stălucitor.

-Da, au întrebări, dar cu răspunuri predefinite. Uită-te la asta aici. Chiar crezi că vreunul din răspunsurile acestea mă descrie pe mine? Ce altceva pot alege? Kate întrebă cu frustrare.

-Mda, Ellie o aprobă. Sunt puţin cam rigide.

-Şi imaginează-ţi că şi tipii au aceeaşi problemă. Marea parte dintre răspunsurile astea nu au nici cea mai mică legătură cu mine, deci bănuiesc că orice bărbat care completează formularul se va găsi în aceeaşi situaţie. Chiar dacă nu vrea să mintă, tot o va face. Nu are de ales dacă vrea să continue cu formularul, spuse Kate, mereu frustrată.

-Alege ceva, orice ce pare destul de apropiat de felul tău de a fi. Trebuie să fie ceva care să meargă şi pentru tine, insistă Ellie, nedorind ca prietena ei să renunţe.

-Da, pot alege, dacă vreau să creez o nouă persoană de la zero. Dar cred că trebuie să aleg ceva. Altfel nu mă lasă să merg mai departe, se strâmbă Kate.

Au fost necesare două ore să răspundă la toate întrebările din chestionar. Ambele erau extenuate şi doar Ellie simţea ceva similar unui triumf.

-Acum trebuie să alegi o poză. Evident, cea mai bună pe care o ai, se gândi Ellie să specifice.

-Nu, nu cred, replică Kate scuturându-şi capul. Trebuie să aleg cea mai proastă pe care o am. Dacă cineva mă place în poza aceea, atunci bărbatul acela e de păstrat, îi zâmbi maliţios lui Ellie.

-Întotdeauna ai avut un simţ al umorului ciudat, Kate, Ellie îşi scutură capul uimită. Dumnezeule, toată lumea pune cea mai bună poză pe care o are. Nimeni nu se va gândi să atragă persoana potrivită cu cea mai oribilă poză. E ca şi cum te-ai gândi să-ţi foloseşti poza de paşaport, Kate, pentru numele lui Dumnezeu, explodă ea.

-Poate, replică Kate indiferentă la vorbele lui Ellie. Dar îmi place să fac lucrurile în felul meu şi tu ştii asta, Ellie. Ştiu exact ce poză ar trebui pusă la profilul meu. Mi-am făcut una anul trecut, imediat după acele două săptămâni când am avut cea mai groaznică gripă din oraş. De fapt, mi-a trebuit chiar pentru paşaport, dacă îmi amintesc corect. Mă gândeam să plec într-o vacanţă în Mexic şi apoi am renunţat, spuse ea pe un ton gânditor. Da, aceea e cea mai bună poză de pus aici, decise ea şi începu să o caute prin dosarele de pe computer.

Nu îi dădu nici cea mai mică atenţie lui Ellie care-şi dădea ochii peste cap. Fata nu-şi putea crede ochilor.

-E ca şi cum nici măcar nu ai vrea să încerci, se plânse ea.

-Chiar din contra, micuţa mea! Chiar încerc, Kate spuse cu hotărâre. Vei vedea că totul va fi bine.

Ellie încercă din nou să o facă pe Kate să-şi schimbe părerea, dar nimic nu o mişcă pe Kate. Ellie ar fi trebuit să ştie deja că îşi pierdea timpul. Kate era mai încăpăţânată decât un măgar dacă o dorea.

Poza aleasă, arăta o Kate cu chipul palid. Părea să-şi fi frecat faţa foarte bine – atât de bine încât nu era urmă de culoare în obrajii ei. Doar ochii îi ieşeau în evidenţă, verzi de culoarea mări, moştenire de la mama ei care deja trecuse în lumea drepţilor.

Părul îi arăta oribil, turtit şi fără luciu. Cel puţin şi-l prinsese într-un fel de coc, o pieptănătură care amintea de una din coafurile purtate de bunica, cu cinci sau şase decenii în urmă.

Kate încărcă poza la profilul ei. Nici nu se gândea să renunţe la planul său.

-Acum trebuie să aştepţi, Ellie o sfătui, ca şi cum ar fi fost un izvor de înţelepciune când venea vorba de întâlnirile online. Este posibil să primeşti o notificare că ţi s-a găsit o pereche mâine, dar nu aş conta pe asta. De ce a trebuit să alegi o posibilă pereche de peste tot din lume? Chiar nu pricep. Ar fi trebuit să alegi doar Montreal, Kate. Cum te vei întâlni cu un tip din Australia, de exemplu?

-Vorbeai despre şansa vieţii, mai ştii? Dacă e să-mi întânesc sufletul pereche, răspunse Kate pe un ton jucăuş, atunci trebuie să consider că se poate găsi la celălalt capăt al lumii, nu crezi? Care sunt şansele să-l întânesc chiar aici în oraş? L-aş fi întâlnit deja, Kate sublinie.

Ellie păru să aibă îndoielile ei, dar nu dorea să o contrazică pe Kate. Kate era cea mai deşteaptă dintre ele două. Ea putea să pună degetul pe pulsul oricărei probleme şi, uimitor, ştia exact de ce era capabilă o persoană, chiar dacă tot ce ştia Ellie despre persoana respectivă indica într-o direcţie complet diferită.

Ellie nu reuşise niciodată să afle explicaţia pentru toate acelea, dar învăţase încă din primul an de şcoală petrecut în compania lui Kate să-i respecte judecata.

CAPITOLUL 4

Următoarea zi 16 aprilie...

Kate opri alarma de la telefon, iar apoi, verifică notificările de pe telefon cu ochi somnoroşi. Când văzu mai multe mesaje, toate venind de pe site-ul de matrimoniale, se trezi de-a binelea. Nu se aşteptase să o contacteze careva atât de curând.

Kate puse telefonul deoparte şi decise să se ocupe mai întâi de ritualul ei de dimineaţă. Se duse să facă un duş şi să-şi perie dinţii înainte de a verifica mesajele primite.

După ce termină cu rutina ei de fiecare dimineaţă, îşi pregăti micul dejun şi îl aşeză pe masa din nişa specială pentru mic dejun, a carei fereastră dădea spre grădină.

Mâncă în timp ce parcurse mesajele primite. Mare parte veniseră de la aceeaşi persoană, un tip al cărui nume era Ryan, şi aceea o surprinse.

Primise mesaje de la alţi patru bărbaţi, dar acelea nu spuneau mai mult de *'bună, ce faci?'* Ei bine, era şi asta o manieră de a începe o conversaţie, presupuse ea, deşi se aşteptase la o scurtă introducere, cel puţin, dacă nu la mai mult ...

Kate ridică din umeri şi uită de ei. Nu avea chef să-şi piardă timpul cu ceva atât de generic. În fond, puteau să scrie oricui, până la urmă.

Începu să-şi mănânce cerealele şi decise să citească mesajele venite de la Ryan.

Mesajul unu: *Tocmai ți-am văzut poza. Pur și simplu îmi plac ochii tăi, la nebunie. Mi-ar plăcea să te întâlnesc.*

Se strâmbă la telefon și-și reconsideră părerea de mai devreme. Cel puțin, acel *'Bună, ce faci?'* era destul de inofensiv. Tipul ăsta, Ryan, ieșea la atac cu artileria de la început.

Mesajul doi, care venise la o jumătate de oră după primul, spunea: *'Când ți-am văzut poza, am simțit ca și cum ceva mi-ar fi săgetat inima. Te rog, ia legătura cu mine.'*

Reciti mesajul cu ochii mari și spuse cu voce tare:

-Ha, nu sunt atât de bleagă, îmi pare rău.

Mesajul trei (după altă jumătate de oră): *'Sunt convins că tu ești persoana perfectă pentru mine și abia aștept să te întâlnesc. Te rog, răspunde!'*

Acum își scutură capul cu uimire și murmură:

-Omul ăsta e fantastic.

Kate era șocată. Nu putea crede că exista cineva care vorbea în acest fel și care și credea că ar avea succes.

Mesajul patru (după altă jumătate de oră): *'Sper că nu ai văzut nici unul din mesajele mele încă și de aceea nu mi-ai răspuns. Știu că putem construi ceva extraordinar împreună. Putem avea relația perfectă, scumpa mea, crede-mă.'*

Sorbi din cafea și-și dău ochii peste cap cu neîncredere. Tipul venise la bătălie cu toate armele încărcate.

Mesajul cinci (dupa alte treizeci de minute– clar, omul era precis ca un ceasornic): *'Încă mai aștept. Știu că împreună vom face o pereche potrivită, scumpa mea. Doar scrie-mi.'*

Își ridică umerii cu dispreț și spuse din nou cu voce tare:

-Da, pe bune?

Mesajul şase (desigur, tot după treizeci de minute – cel puţin era consistent în sincronizarea mesajelor), '*Încă mai aştept. Am computerul deschis şi îţi aştept replica. Te rog răspunde-mi. Din ce am citit, cu siguranţă eşti sufletul meu pereche..*'

De data aceasta, izbucni în râs:

-Pe bune? Nu chiar, pe bune? Tipul ăsta e de necrezut.

Scuturându-şi capul din nou, Kate se întoarse la micul ei dejun. Nu se grăbea defel să răspundă la mesajele care se îngrămădiseră în căsuţa ei poştală.

Trebuia să admită că era puţin încântată, dar se simţea şi neliniştită. Mesajele acelea transmiteau o anumită vibraţie. Fie omul acela era disperat, fie era genul de hărţuitor.

Indiferent de situaţie, ea trebuia să plece la muncă şi nu avea timp să analizeze toate posibilităţile. Kate era propriul său şef, dar era atât o angajată sârguincioasă cât şi o şefă exigentă. Nu-i plăcea când angajatele ei întârziau, aşa că îşi lua toate măsurile de precauţie ca să ajungă la muncă la timp.

Îşi spălă vasele pe care le folosise pentru micul dejun, iar apoi părăsi casa fără a se obosi să răspundă la nici unul dintre mesajele primite.

CAPITOLUL 5

O lună mai devreme – 10 iunie...

-Îmi pare rău iubito, Ryan spuse cu o voce răgușită. Știu că am spus că voi veni să ne întânim și știi că am și cumpărat biletele de avion... Ți-am trimis emailul de confirmare, îți amintești doar? Dar vezi tu, chiar trebuie să merg într-o călătorie de afaceri în Asia... Nu e ca și cum aș vrea s-o fac, dar...

Ryan se opri și nu mai încheie propoziția.

-Interesant, Ryan, că nu ai menționat nici o călătorie de afaceri mai înainte, Kate replică, întrerupându-i explicațiile.

Era dornică să încheie conversația, dar nici nu dorea să fie considerată proastă.

-Haide, nu fii așa, se răsti el la ea. Doar știi că am afaceri peste tot în lume. Doar ți-am spus. Nu e ca și cum frec menta toată ziua și nu fac nimic, ridică el vocea, înfuriat din cauza tonului ei. E adevărat că nu am planificat nici un fel de călătorie, Kate, dar, uite, unele lucruri se întâmplă și chiar trebuie să plec. Trebuie să înțelegi. Vin și ne vedem când mă întorc. Doar știi că poți avea încredere în mine, iubito, Ryan încercă să o împace și-și coborî și mai mult vocea.

-Da? Cum așa? replică ea cu sarcasm. De unde să știu că pot avea încredere în tine?

-Vrei să spui că nu ai încredere în mine? Ryan replică și el pe o voce malițioasă.

-Spun că nici măcar nu te cunosc, Ryan, Kate îi replică pe același ton. Hai să vorbim pe cinstite aici.

Tu nu mă cunoşti şi eu nu te cunosc, sublinie ea pe un ton de afaceri.

-După... după... după toate... toate aceste luni, se bâlbâi el, timp în care... am vorbit la telefon... am vorbit de câteva ori pe zi... ţi-am spus tot ce e de ştiut despre mine... nu-i aşa? Cum poţi spune că nu mă cunoşti? Faci mişto de mine, Kate? Pe bune? Nu e ca şi cum stau în fund toată ziua şi aştept ca lucrurile să se întâmple, se răsti el, din ce în ce mai furios.

Practic, bărbatul mârâia deja când ajunse la finalul tiradei.

Sarcasmul lui îi încreţea pielea şi un sentiment ciudat o copleşi. Lui Kate începuse să-i displacă discuţia enorm şi decise să o încheie. În fond, nu era genul care să accepte nici o formă de abuz de la nimeni. Prefera să lupte dacă era cazul.

-Perfect, spuse ea pe un ton rece şi distant. Ocupă-te de călătoria ta de afaceri, Ryan. Sayonara!

Deconectă convorbirea, având timp doar să-l audă strigând *Ce nai...* dar nu se mai obosi să se întrebe ce avea de gând să spună. Nu mai dădea o ceapă degerată pe ce voia el.

Cu toate acestea, Kate era uimită pentru că se lăsase atrasă fără voie în acea ciudăţenie de relaţie la distanţă şi asta în numai câteva luni. Uneori chiar se întreba dacă Ryan nu a vrăjit-o cumva, dar ştia că aşa ceva nu era posibil.

Încă de la început, nu s-a simţit prea comfortabil cu maniera în care discutau despre absolut orice, chiar şi despre nimicuri lipsite de importanţă. Nu existau nici un fel de bariere şi aceea nu era normal deloc.

Kate era o femeie cu adevărat deschisă şi se înţelegea bine cu oricine. Trebuia să fie astfel şi să relaţioneze bine cu oamenii pentru că altfel nu ar fi reuşit să creeze şi să dezvolte tipul de magazin şi clientelă pe care şi-o făcuse.

Cu toate acestea, în relaţiile sale personale, păstrase mereu o anumită distanţă. Nu-şi releva gândurile şi sentimentele în faţa oricui. Poate era astfel pentru că putea citi gândurile oamenilor şi, în cea mai mare parte a timpului, ceea ce citea în minţile lor o oripila.

Întâlnise câţiva bărbaţi cumsecade, dar erau prea cumsecade pentru gustul său. De altfel, păreau prea dornici să facă orice numai pentru a fi plăcuţi. Probabil că era adevărat ce se spunea că femeile doar afirmă că îşi doresc bărbaţi cumsecade, dar, în final, erau atrase de băieţii răi.

Kate avea nevoie de un bărbat care să-i fie egal în absolut orice. Nu dorea unul pe care să-l cocoloşească la infinit. Nu se credea capabilă să calce mereu ca pe ouă, ca nu cumva să-i rănească sentimentele.

Indiferent de cât de răbdătoare era, Kate nu se vedea în poziţia de a îndeplini orice dorinţă sau nevoie a unui bărbat. De fapt, dorea să fie ea cea răsfăţată şi pentru aceea avea nevoie de cineva puternic pe care să se poată baza. Căuta un bărbat capabil să se întreţină fără ajutor, care putea să aibă grijă de ea şi chiar să o protejeze dacă ar fi fost necesar. Voia un bărbat capabil să-i ofere grija şi dragostea pe care şi le dorea.

După ce s-a abonat la site-ul de matrimoniale, Kate a primit mesaje de la cinci bărbaţi. După câteva săptămâni de conversaţie, atât prin intermediul website-ului cât şi prin telefon, s-a întâlnit cu patru dintre ei.

Chiar şi când conversase cu ei la telefon, putuse să le citească gândurile. Nu era prea dificil. Abilităţile sale mentale se dezvoltaseră şi deveniseră mult mai acute în timpul ultimilor ani, iar acum era capabilă să perceapă anumite gânduri, chiar dacă se găsea la distanţă.

Gândurile a doi dintre ei fuseseră dubioase, dar destul de sonore şi clare. Vorbeau despre fetişuri şi obsesii ciudate şi au făcut-o să păstreze o distanţă apreciabilă. Erau inofensivi, dar nu erau pentru ea. Abia a reuşit să petreacă vreo două ceasuri în compania fiecăruia în timpul unei seri.

Unul însă depăşise obsesiile ciudate şi ce citise în mintea lui a marcat-o profund. A reuşit să-şi dea seama că deja se întânise cu două femei pe care le contactase pe alte două site-uri de matrimoniale şi pe ambele femei le-a ucis într-o manieră oribilă.

Kate a făcut un apel anonim la poliţie. Le-a spus câteva amănunte despre felul în care cele două femei au fost ucise şi le-a dat numele ucigaşului. Le-a oferit o descriere, câteva puncte de reper, pentru a putea aduna dovezi, şi i-a lăsat să se ocupe ei de el.

Ea nu mai dorea să se implice cu poliţia din nou. O făcuse o dată, cu mulţi ani în urmă, când era mai tânără şi mai naivă. Pe vremea aceea, Kate crezuse că-şi poate folosi darul şi salva lumea în acelaşi timp.

Se strâmba ori de câte ori îşi aducea aminte de entuziasmul şi idealismul ei de pe vremea aceea. Acea experienţă a făcut-o să uite că ar exista o posibilitate de a contribui substanţial.

Kate încă îşi aducea aminte cum o trataseră poliţiştii. Unii crezuseră că era o monstruozitate a naturii, iar alţii că încerca să-i inducă în eroare. Pentru o vreme, nu putuseră să se decidă. Chiar insinuaseră că trebuie să fi fost implicată în crimele respective pentru că altfel nu ar fi putut știi toate acele detalii înfiorătoare.

Acea experiență a făcut-o evazivă și ezitantă. Nu putea lăsa pe nimeni să știe despre darul ei. Nici măcar oamenii apropiați ei, cum era Ellie, nu știau nimic despre talentele ei speciale.

Ceilalți doi oameni de pe site-ul de matrimoniale erau destul de inofensivi. Nu ar fi putut ucide o muscă.

Cu toate acestea, nu erau pentru ea. Cei doi bărbați aveau nevoie de cineva puternic ca să le conducă viața și care să-i accepte așa cum erau. Aveau nevoie de o femeie care să joace rolul de mamă, iar Kate nu simțea nici un fel de sentimente materne pentru ei ca să accepte rolul.

Kate căuta și ea o persoană puternică. Dorea să cunoască un bărbat pe care să se poată baza și care ar fi făcut-o să simtă parte dintr-un parteneriat. Visa la un bărbat care ar fi iubit-o pe ea, femeia, nu pentru că ar fi jucat rolul mamei unui băiat deja adult.

Simțea nevoia de companie, dar nu s-ar fi mulțumit numai cu așa ceva. Kate tânjea să aibă parte de tot ce se presupunea că se întâmplă într-o relație adultă: romanță, iubire, conectare fizică și încredere.

Al șaselea bărbat care a contactat-o era Ryan. La început, i se insinuase în viață cu mesaje trimise la fiecare treizeci de minute timp de douăzeci și patru de ore. Când s-a predat în sfârșit și i-a răspuns, el a continuat cu discuții amuzante și inteligente pe Internet.

Bărbatul demonstrase că știa foarte multe despre o mulțime de subiecte și avea abilitatea de a conversa cu ușurință.

Îi plăcuseră discuţiile cu el. Demonstrase că avea cultură, dar în acelaşi timp era real, cu picioarele pe pământ. Uneori, atitudinea lui îi dezvăluia şi partea întunecată, relevând băiatul rău care să găsea sub tot lustrul educaţional. Iar aceea, o atrăgea pe Kate ca un magnet.

În mai puţin de o săptămână, au schimbat numere de telefon, ceea ce a regretat când el a început să o sune şi noaptea, deşi i-a spus, de câteva ori, că ar prefera să doarmă în jurul orei două dimineaţa. Cât era ora nu părea defel important pentru el. Trăia undeva în afara timpului normal.

Ryan i-a trimis câteva fotografii cu el, dar în toate, purta fie pălării cu boruri mari şi coborâte, fie şepci. Putea vedea numai o fracţiune din chipul sau părul lui.

Dacă i s-ar fi cerut să îl descrie, ar fi putut spune numai că era un bărbat cu păr închis la culoare, pentru că văzuse umbra unei bărbi întunecate şi o şuviţă de păr negru.

El îi tot promisese să facă o nouă poză şi să i-o trimită, dar desigur, nu a făcut-o. Mereu se întâmpla câte ceva şi nu putea să o facă.

Ryan i-a spus că locuia în Chicago şi i-a dat un număr de telefon din Chicago. Kate a sunat la acel număr de două ori şi a dat peste robot de fiecare dată. Nu a mai încercat după aceea. Era convinsă că nimeni nu îi va răspunde şi acel gând o măcina.

Mai mult decât atât, Ryan tot amâna sosirea sa la Montreal să se vadă cu ea. Mereu spunea că era în toiul unui contract mare, iar compania lui i-a promis clientului un anumit termen limită. I-a explicat lui Kate că reputaţia sa era în joc, iar reputaţia era cel mai important atu pentru el şi nu-şi putea permite să o piardă.

Kate credea că povestea lui Ryan despre acel contract era şi ea o minciună, dar nu pentru că ar fi putut să-i citească mintea. Ryan era primul bărbat care a reuşit să o ţină la distanţă de gândurile sale private. Ori de câte ori încerca să-i pătrundă în minte, avea senzaţia că bărbatul se încrunta şi îi împingea antenele mentale deoparte.

Nu putea ştii despre tentativele ei de a-i citi gândurile. Şi cu toate acestea, mintea lui simţea că ceva era în neregulă.

Când vorbeau la telefon, simţea că ceva nu era tocmai în regulă, dar nu putea spune precis ce.

Kate nu-şi explica alte lucruri, de asemenea, şi asta o îngrijora. De exemplu, îi aştepta apelurile cu nerăbdare, mai tot timpul. Tânjea să-i audă vocea aspră şi râsul bogat din gât. Era ca un fel de otravă care-i intrase în sânge şi nu mai putea trăi fără doza zilnică.

Vocea lui Ryan o făcea se simtă bine, cel puţin în marea parte a timpului. Uneori, vocea lui o făcea să se simtă încordată, dar abia aştepta chiar şi acele momente pline de încordare şi aceea chiar nu avea sens.

Kate se simţea trasă în două direcţii. Pe de o parte, avea nevoie să fie în contact cu el. Era vital pentru starea ei de bine, deşi nu putea spune de ce. Pe de altă parte, nu mai dorea să audă nici un cuvânt din partea lui şi-şi dorea ca Ryan să înceteze să o mai sune.

Maniera lui de-a fi, fermecătoare, precum şi cuvintele lui, care deveneau sarcastice într-o clipă, o copleşeau. Era capabil să o înconjoare cu o condescendenţă extrem de rece, iar în astfel de momente Kate şi-ar fi dorit să-i tragă un pumn bine ţintit care sa-l doboare la pământ.

Kate devenise din ce în ce mai neliniştită în ultimele câteva săptămâni, iar acum îşi chestiona propriile sale dorinţe. Se simţea prizoniera unui labirint din care nu-şi găsea calea spre ieşire.

***

Ryan tot a sunat şi i-a lăsat mesaje toată ziua. A implorat-o să-i răspundă la telefon şi să-i vorbească. Şi-a cerut scuze în scris, trimiţându-i mai multe emailuri pentru a-şi explica şi scuza ieşirea.

I-a explicat că era doar foarte obosit şi stresat din cauză că avea mai multe proiecte în dezvoltare, dar că nu dorise să se rastească la ea. A fost doar o reacţie instinctivă, pentru că încerca să se protejeze. Cea mai fierbinte dorinţă a lui era să se vadă cu ea şi nu putea să o facă încă, iar acel fapt îl înnebunea.

Kate ignoră totul până mai târziu în seara aceea. Ea însăşi era obosită şi nu se simţea capabilă să facă faţă hachiţelor lui.

Numai după ora nouă seara, a răspuns la unul dintre apelurile sale repetitive.

-Oh, iubit-o, nu am vrut să te supăr, Ryan vorbi repede.

Se părea că-i era teamă că se va răzgândi şi-i va închide telefonul în nas.

-Ştiu că nu e vina ta că totul este atât de încurcat, dar, te rog, înţelege, sunt doar foarte obosit şi necăjit că nu pot face ce-mi doresc să fac... Atâta tot.

-Şi ce înseamnă asta? Kate a întrebat într-o voce calmă.

40

Decisese să fie calmul personificat şi să nu-l mai lase sa-i manipuleze emoţiile. Câteva clipe, nu mai auzi decât respiraţia lui uşoară pe fir. Era aproape sigură că bărbatul va încheia conversaţia pe loc, dar se înşelase.

-Vreau să spun că-mi doresc enorm să te văd. Îmi doresc atât de mult încât nu mai pot aştepta să fiu cu tine. Îţi dai seama ce buni am fi împreună? Nu mai pot de nerăbdare... sa-mi pot trece degetele pe suprafaţa pielii tale...

-Nu-mi spune că te gândeşti să faci sex prin telefon acum??? îl opri ea şocată.

Era o chestie nouă. Încercase el multe, dar nu să facă sex prin telefon.

-Ce vrei să spui cu acel *'acum'*?" Ryan întrebă cu nerăbdare. Am tot visat la tine, timp de atât de multe zile... desigur că aş dori să te savurez...

-Nu sunt o prăjitură, îl întrerupse ea cu o voce rece doar pentru a fi întreruptă şi ea la rândul ei.

-Haide, Kate. Nu-mi spune că tu nu te-ai gândit să faci dragoste cu mine. Nu aş fi crezut că eşti o mironosiţă, se răsti el la ea.

Ea rânji. Ryan uitase de intenţia de a-i vorbi dulce, iar sarcasmul lui apăru la iveală încă o dată.

-Bineînţeles, nu sunt o mironosiţă. Dar chiar nu ştiu, spuse ea pe o voce dezinteresată, pentru a-i demonstra că subiectul nu era important pentru ea.

-Kate! spuse el printre dinţi, iar scrâşnetul se auzi clar pe linie.

-Ryan! replică ea, imitându-i tonul.

Ryan izbucni în râs şi spuse:

-Eşti atât de bună pentru mine, Kate. Iubito, tu eşti femeia ideală pentru mine şi o ştii, spuse el cu triumf în voce.

Îi simţi râsul peste tot, ca şi cum o atingea uşor cu degetele pe spate, trasând fiecare terminaţie nervoasă, şi se cutremură. Nu spunea nimic explicit, dar cu toate acestea o atingea erotic chiar în acel moment, iar corpul ei se întrebă cum ar fi fost să-l simtă mângâind-o în realitate.

În ciuda a tot, ceva era straniu. O senzaţie ciudată îi agita stomacul şi când ceva de genul acela se întâmpla, ştia că ceva rău se va întâmpla şi că lucrurile nu erau ceea ce păreau.

Ryan nu o abuza verbal, chiar dacă uneori vocea lui o făcea să simtă ceva asemănător. Tot împungea, însă, până ce obţinea ce dorea.

În cea mai mare parte, relaţia lor ciudată părea nemaipomenită, chiar dacă era o relaţie la lungă distanţă, dar, când şi când, Kate se simţea ca un pion într-un joc de şah şi detesta senzaţia profund. Se mândrea cu controlul pe care-l avea asupra vieţii şi acţiunilor sale şi detesta manipularea lui Ryan.

-Mai eşti acolo, iubito? vocea lui Ryan îi răsună în urechi.

Cuvintele lui o aduseră înapoi în prezent.

-Da, sunt tot aici, dar am ceva de făcut acum şi, din păcate, nu mai pot sta la telefon. Să ai o călătorie plăcută, Ryan, şi vorbim mai încolo, spuse ea rapid, dorind să întrerupă conexiunea dintre ei.

-Este aceasta maniera ta de a mă pedepsi? Ryan întrebă, iar neplăcerea răsună cu claritate în vocea lui.

-Nu, nu este. Doar că trebuie să închid. Vom vorbi mai încolo, nu-i asa? încercă ea să-l domolească, iar apoi, gândindu-se la ce-a făcut, îi veni să-şi tragă palme.

-Da, vom vorbi, Ryan spuse implacabil, iar cuvintele lui o făcură să se cutremure.

Kate închise telefonul, iar apoi ridică din umeri cu nonşalanţă. Era o fatalistă, aşa că ştia că putea doar să-şi altereze călătoria, dar nu şi destinaţia. Ceea ce nu putea schimba, totuşi, era ea însăşi.

CAPITOLUL 6

*Trei zile mai devreme, câteva ore după miezul nopții –
16 iulie...*

-Știi că nu ți-aș cere să-mi dai banii dacă aș fi avut
o altă variantă, Ryan practic mârâi la ea prin telefon.
Nu ți-am cerut nimic înainte și oricum îți voi returna
banii. Sunt un om de cuvânt, Kate, spuse el printre
dinții încleștați.

-Poți mârâi dacă vrei și te face să te simți mai
bine, Ryan, nu-mi pasă. Nu amestec iubirea, cum o
numești tu, cu banii, Kate replică cu detașare.

Era decisă să nu cedeze în fața unor cereri
dubioase. Deja își făcuse tema și cercetase tot ce
găsise despre posibilele escrocherii de pe Internet și
știa cam ce scheme se practicau. Modul de operare al
lui Ryan se încadra într-una din schemele despre care
citise.

Acum totul făcea sens: apelurile telefonice la
anumite ore din timpul zilei și nopții; scuzele lui
pentru că nu putea să vină să se întâlnească cu ea...
Iar acum cererea lui de a-i da nouă mii de dolari ...

A sunat-o la cinci dimineața, probabil să o prindă
când era adormită și incapabilă să facă decizii
prudente. *Ca și cum aș fi atât de idioată*, îl luă ea în
derâdere.

Descoperirea adevărului îi rupea inima, dar, de
fapt, nu se așteptase defel să iasă ceva din acea relație
stranie. Viața totdeauna îi oferea lecții de tot felul, iar
unele erau dureroase, dar nu era ceva cu care nu
putea supraviețui.

-Nu e aşa, Ryan reuşi să replice prin dinţii strânşi, iar ea putea spune că bărbatul făcea eforturi să nu explodeze. Am o problemă acum. Ţi-am spus că mi-au îngheţat conturile în State. Când ajung acolo, rezolv problema în două săptămâni. Îţi vei primi banii, cu dobândă, îţi promit, încercă el din nou.

-Nu sunt bancă, Ryan. Nu-ţi pot împrumuta atât de mulţi bani, îi răspunse ea într-o voce practică.

-Ţi-am cerut numai câteva amărâte mii de dolari nu zeci de mii, Kate. Sunt convins că-ţi permiţi suma respectivă. Desigur, dacă vrei să mă ajuţi. Nu e ca şi cum ai fi săracă lipită pământului, pentru numele lui Dumnezeu! Doar ştiu că nu eşti!

Ryan respiră adânc, iar apoi continuă într-o voce calmă:

-Kate, cred că avem o relaţie cu adevărat bună. Vom fi împreună pentru totdeauna şi putem construi ceva care poate dura. Mă înşel? Ryan o întrebă cu oboseală în voce.

-Acum e rândul meu să te întreb de ce condiţionezi existenţa relaţiei dintre noi? De ce pentru a o continua trebuie eu să-ţi dau banii? întrebă ea calm.

-Nu fac aşa ceva, Kate, şi o ştii, spuse el răstit. Ştii ce? Nu înţeleg chestia asta. Cum poţi fi atât de rece când eu îţi spun că am o problemă serioasă şi numai tu mă poţi ajuta? Nu te-aş fi sunat atât de devreme, dar nu am avut de ales. Am nevoie de banii tăi ca să rezolv situaţia asta şi să plec din ţara asta nenorocită. Atunci, voi veni la tine, iubito, şi vom putea fi împreună aşa cum ne-am dorit întotdeauna, Kate, încercă el să o abordeze altfel pentru a o convinge.

-Poate pentru că nu cred că ai într-adevăr o problemă, Ryan. Pare prea convenabil, Kate îi replică în aceeaşi voce rece.

-Deci în sfârşit admiţi că nu ai încredere în mine, urlă el.

-Dacă pantoful se potriveşte, spuse ea blând.

-Deci în tot acest timp... în tot acest timp, în care eu ţi-am arătat ce se găseşte în inima mea, ce simt şi gândesc... iar tu doar ţi-ai bătut joc de mine, începu Ryan să spună ceva, dar ea îl întrerupse.

-Nu, nu chiar. Am fost eu însămi. Nu te-am minţit, nici măcar o singură dată. Nu am bătut câmpii spunându-ţi că eşti sufletul meu pereche şi că vom fi împreună pentru totdeauna...

-Deci, spui că te-am minţit, şuieră el printre dinţii încleştaţi.

Cu siguranţă îşi va distruge complet smalţul de pe dinţi, Kate gândi.

-Ei bine, aşa se pare, Kate admise fără regrete.

-De ce? Pentru că ţi-am cerut ajutorul acum? Ryan întrebă caustic. Sunt destul de bun să fiu plimbat cu lesa, dar nu destul de bun să fiu ajutat, ha! spuse el cu amărăciune.

-Ryan, tu nu mi-ai cerut ajutorul, dacă îţi aminteşti. Mi-ai poruncit, efectiv. Nu m-ai rugat. Şi oricum, oamenii se întâlnesc mai întâi, de vreo câteva ori. Vorbesc faţă-n faţă, înainte de a intra în chestii de genul ăsta. Nimeni nu face aşa ceva cu intenţii bune, să fiu cinstită, Kate spuse răspicat.

-Nu am altă alegere! Nici un fel de alegere! Atâta tot! Pricepi?Nu am altă alegere! Dacă aş fi avut, nu ţi-aş fi cerut nenorociţii ăia de bani, nu-i aşa? Ryan îi răspunse furios, aproape scuipând cuvintele.

-Nu am nici măcar un motiv să cred că există vreo problemă, Kate repetă înainte ca Ryan să o întrerupă brutal.

-Eşti prima femeie din viaţa mea care mi-a făcut nervii varză şi mi-a ridicat tensiunea, Kate. Şi asta de la început. Mereu e ceva cu tine. Nu i-am permis nici unei femei până acum să-mi facă aşa ceva. E ceva legat de tine, ştii? spuse Ryan cu răutate.

-De la început, ai spus? Kate îi replică uşor.

-Da, de la început. Ai auzit corect. Mereu trebuie tu să analizezi absolut tot ce spun, să te îndoieşti de absolut tot ....

-Cred că am avut motive bune, Kate îl întrerupse din nou. Apari din neant, şi îţi declari marea dragoste pentru mine. Hai, să fim serioşi. Nici măcar nu m-ai întâlnit. Ai citit un chestionar cretin pe site-ul ăla şi te-ai îndrăgostit peste urechi. Poate chestia asta merge cu alte femei, dar eu nu sunt atât de naivă, Ryan. Nu muşc nada. Ar fi trebuit să fii puţin mai original, îi replică Kate cu răutate.

-Atunci de ce ai continuat să vorbeşti cu mine dacă ai crezut că nu sunt cine spun că sunt? Care a fost motivul? Ryan o întrebă pe o voce obosită. Suna ca un om învins.

Nu se aşteptase la aceasta de la el. Nu era genul de bărbat care să accepte înfrângerea. Încăpăţânarea lui caracteristică nu i-ar fi permis să se predea în faţa circumstanţelor.

-Curiozitatea, probabil, recunoscu ea.

-Curiozitatea!!! Ryan strigă de parcă nu-i venea să-şi creadă urechilor. Deci eu mi-am dezgolit inima şi mintea în faţa ta şi tu vii acum să-mi spui că erai doar curioasă?

-Ţipând la mine nu te va ajuta cu *'problema ta'*, Ryan, Kate îi replică sarcastic. Mă va face numai să închei această conversaţie idioată mai curând. Oricum nici nu ar fi trebuit să aibă loc, după părerea mea, Kate vorbea fără timbru, ca să-i dea de înţeles că nu-i păsa care era alegerea lui.

-Conversaţie idioată, ha? Ryan murmură. Deci te sun să-ţi spun că am nevoie de ajutorul tău să-mi păstrez libertatea, iar tu consideri asta o conversaţie idioată. Acum se pune întrebarea cine a dus de nas pe cineva de-a lungul acestor câteva luni, Kate? Nu eu, cu siguranţă, concluzionă el.

-Nu eu, Ryan, argumentă ea. Tot timpul am fost eu însămi. Nu mi-am declarat iubirea nemuritoare. Nu am zis niciodată cuvintele acelea atât de uzate, *'Te iubesc'*, pe care oamenii le aruncă în stânga şi în dreapta fără discriminare, Kate îi replică pe un ton categoric.

-Dar ştiai că te-am iubit tot acest timp, Ryan încercă să spună, dar ea nu-i dădu ocazia să-şi termine propoziţia.

-Ştiam? Kate întrebă. Cum puteam ştii, Ryan?

-Pentru că ţi-am spus eu! Ryan urlă cu exasperare.

Kate mută telefonul de la ureche şi se holbă la el. Omul sunase ca un lup rănit. Să o spună pe-a dreaptă, bărbatul ăsta nu ştia ce înseamnă răbdarea.

Aşteptă câteva clipe, iar abia apoi puse telefonul înapoi la ureche şi îi spuse:

-Mi-ai spus tu. Da, oricine poate spune asta. Nu e aşa de dificil să spui trei cuvinţele.

-Eşti mare figură, Kate. Nu pot crede că m-am îndrăgostit de o ticăloasă fără inimă…, Ryan reuşi să spună înainte să fie întrerupt cu mânie de Kate.

-Ai spus de-ajuns. Adios, se răsti ea şi deconectă apelul.

Îţi scutură capul cu uimire. Bărbatul avea tupeul să-i ceară o grămadă de bani, pentru că indiferent ce spunea el, nouă mii de dolari, chiar şi canadieni, erau bani. Şi colac peste pupăză, mai avea şi tupeul să urle la ea.

Se simţea de parcă ar fi aterizat într-un univers paralel. În lumea reală, astfel de lucruri nu se întâmplau sau cel puţin nu ei.

Kate decise să uite de el şi îşi aruncă telefonul celular în geantă cu un gest nervos. Îşi lăsă geanta în camera de zi, departe de dormitor.

Întorcându-se înapoi în pat, auzi telefonul sunând din nou, dar nu se mai obosi să vadă dacă era tot Ryan. *De parcă ar fi vreo îndoială*, ridică ea din umeri. Nimeni altcineva nu ar suna-o la ora aceea.

Kate avea multe planuri pentru dimineaţa aceea şi nu dorea să mai risipească restul nopţii cu acea aşa-numită relaţie. Trebuia doar să o şteargă din viaţa ei şi să-şi vadă de ale ei.

Cu toate acestea, inapoi în patul ei comfortabil, gândurile lui Kate s-au tot învârtit în jurul conversaţiei care avusese un iz de ireal.

Nu fusese capabilă să citească gândurile lui Ryan, ceea ce nu mai era o noutate. În ciuda acelui fapt, panica îi era palpabilă. Ryan era clar măcinat de ceva. Fusese plin de anxietate, furie şi neîncredere când ea a refuzat să-i dea banii.

Kate nu putea crede că Ryan considera cu adevărat că relaţia lor era reală, dar cu toate acestea, simţise că gândea astfel, iar asta nu făcea nici un pic de sens.

Kate era aproape convinsă că era un escroc, dar un escroc nu s-ar fi panicat şi nu ar fi fost rănit, cum simţise ea când vorbise cu el. Abilitatea ei de a citi gândurile nu funcţiona cu el, dar puterile ei empatice funcţionau. Acum era confuză din cauza varietăţii mari de emoţii pe care o percepuse în Ryan.

Obosită, Kate încercă să împingă în spatele minţii conversaţia cu el. Făcu eforturi să-şi liniştească gândurile şi să adoarmă, dar după o oră renunţă.

O măcina gândul că ceva rău urma să i se întâmple lui Ryan şi că ea va fi instrumentul nenorocirii lui. Se ura pe sine însăşi că-i lăsa cuvintele să o influenţeze.

Kate coborî din pat şi se duse la bucătărie unde porni filtrul de cafea. Aşteptând să se facă cafeaua, privi pe fereastră afară.

Grădina ei se îmbăia în lumina lunii şi o îmbia să iasă afară. Înainte de a părăsi bucătăria, văzu cartea pe care o citea zăcând pe un colţ al mesei de bucătărie şi o luă cu ea.

Aerul nopţii era cu adevărat cald, iar mirosul florilor o alină. Casa ei nu se găsea foarte departe de străzile cu trafic serios, dar Kate nu auzea decât bâzâitul insectelor. Undeva, în depărtare, o bufniţă ţipă şi o făcu să zâmbească.

Kate îşi deschise cartea să citească. Cartea o interesase foarte mult, dar acum nu se putea concentra pe cuvinte. Renunţă până la urmă şi continuă să-şi bea cafeaua, lăsându-şi gândurile să-i hoinărească în toate direcţiile, fără a se opri la ceva anume în mod deosebit.

CAPITOLUL 7

Tot trei zile mai devreme, mai puţin câteva ore – 16 iulie

După ce a petrecut vreo două ore în grădină, Kate se întoarse în casă şi făcu un duş. Trebuia să se pregătească să plece la muncă şi trebuia să se şi grăbească daca nu dorea să fie în întârziere.

Kate se resemnă. Îi era clar că urma să fie mai înceată pe ziua aceea. Nu dormise suficient, iar mintea ei s-a învârtit non stop, fără a ajunge la nici o concluzie, şi aceasta o necăjea. Ca să compenseze pentru lipsa de somn, mai bău nişte cafea.

Kate dădu drumul la duş, iar apa caldă îi mângâie pielea. Se simţea dumnezeieşte şi uită că era grăbită. Numai când apa deveni rece ca gheaţa, închise duşul.

Curiozitatea era unul dintre defectele ei majore, aşa că, înainte de a părăsi casa, îşi verifică telefonul. Cum se aşteptase de altfel, găsi mai multe mesaje vocale şi cel puţin şaptesprezece apeluri pierdute.

Ryan fusese foarte ocupat cât timp ea a stat şi pritocit lucrurile. Sunase şi îi trimisese texte de parcă îşi pierduse uzul raţiunii.

Kate dădu din umeri şi plecă fără a-i returna nici unul din apeluri. Nu ascultă nici măcar unul dintre mesajele vocale. Mai târziu, de-a lungul zilei, va avea destul timp să vadă ce dorea sau ce altceva mai spunea pentru a obţine ce cerea.

***

Dimineaţa s-a târât pur şi simplu, iar orele părură mai lungi decât de obicei. Timpul încetinise şi se mişca cu paşi de melc.

Kate tânjea să se întoarcă în patul ei. Se şi vedea intrând între cearşafurile răcoroase şi închizând ochii de fericire. După ce imaginaţia ei se jucă astfel de câteva ori, decise să părăsească magazinul şi să plece acasă dacă nu îşi revenea înainte de ora două.

Îi adresă câteva cuvinte 'dulci' lui Ryan. Lui trebuia să-i mulţumească pentru că i-a distrus somnul în noaptea precedentă şi, în consecinţă, şi ziua de muncă.

După ce bombăni la adresa lui câteva minute şi îi mai adresă şi câteva cuvinte bine alese, continuă să verifice inventarul. Trebuia să reînnoiască stocul dacă nu dorea să-şi dezamăgească unii dintre clienţii fideli.

-Kate, ştiai că-ţi sună telefonul de câteva ore în şir? Voce exasperată a lui Alice se auzi din spatele ei, iar Kate se strâmbă.

Se întoarse spre Alice şi o privi confuză. Nu înţelegea ce-i spunea.

Alice era angajata ei cea mai de încredere, dar, de asemenea, şi o bună prietenă. Lucrase pentru Kate chiar de la început, când micul magazin pe care îl numise 'Doar Magic' îşi deschisese uşile în faţa unei cliente foarte curioase şi uşor precaută.

Alice nu era numai o persoană de încredere, dar avea şi calităţile necesare să interacţioneze cu oamenii. Ştia să creeze atmosfera de magic pe care clienţii lor o aşteptau când le treceau pragul.

Alice ştia cum să formuleze fiecare propoziţie în aşa manieră încât oamenii chiar credeau în aura magică a magazinului. Dar cu toate acestea, nu spunea niciodată nimic direct legat de magie sau vrăjitorie.

Lumea avea nevoie să creadă în magic, iar acea axiomă îi pusese ideea unui astfel de magazin în mintea lui Kate. Ea știa că cei care veneau în magazinul ei *'magic'* veneau să cumpere iluzia unei lumi fermecate.

Ea făcea un profit bun din acea iluzie, dar profitul nu era singurul ei țel. Știa că acele iluzii și acea convingere că magia există îi ajuta pe oameni să se descurce cu aspectele severe și pline de cerințe ale vieții lor de zi cu zi.

Tânăra proprietară a magazinului nu inducea pe nimeni în eroare. Ea vindea doar un anumit gen de produse. Dacă cei ce veneau să cumpere acele produse preferau să creadă că erau magice și aveau anumite puteri, aceea era treaba lor nu a ei.

Ea vinde potpuriuri, amulete, săpunuri și șampoane făcute de mână, creme de mâini și aranjamente florale. Nimeni nu o putea blama dacă clienții credeau că articolele expuse în magazinul ei aveau puteri mistice și le-ar aduce iubire sau properitate în viețile lor.

Unii dintre clienți o priveau piezis, măsurând-o, ca și cum s-ar fi așteptat să-i crească coarne. Unii dintre ei o credeau vrăjitoare, nu numai din cauza ierburilor și a aranjamentelor florale, dar și din cauza colecției de artifacte pe care le expusese într-o casetă de sticlă lângă mașina de marcat.

De asemenea, mai vindea și zânele și dragonii de sticlă creați de un tânăr artist care locuia lângă Montreal. Toată lumea era uimită de calitatea lor și de atenția pe care artistul o dădea detaliilor. Mulți clienți veneau de departe doar pentru ele.

Kate încă medita la diversele felii de viaţă ce îi traversau magazinul, când îşi dădu seama că Alice continua să o privească, aşteptând un răspuns. Problema era că nu-şi mai amintea care era întrebarea.

-Oh, îmi pare rău, Alice, visam cu ochii deschişi. Am mintea în ceaţă în dimineaţa asta, Kate se scuză şi îşi frecă ochii.

-Nu-i nici o problemă, Kate, Alice îi alungă îngrijorarea cu un semn al mâinii. Pot să te ajut cu ceva? Nu pari a fi în apele tale. Tu niciodată nu eşti prost dispusă, Alice răspunse, iar Kate îi auzi temerea din voce.

Alice îşi cunoştea şefa bine. Kate era întruchiparea energiei şi bunei dispoziţii şi niciodată nu arătase atât de extenuată.

-Nu, nu am nici o problemă, nu-ţi fă griji, Kate o îi mângâie braţul lui Alice. Doar că am avut o noapte proastă. Nu am reuşit să dorm suficient, Alice, atâta tot. Acum nu fac decât să-mi târăsc picioarele de ici colea şi nu-s capabilă de nimic, îşi scutură capul tristă. Cred că ar nu ar trebui să mai pierd vremea pe aici, ci să merg direct acasă. Oricum nu sunt în stare să fac nimic pe ziua de azi. Crezi că te descurci dacă plec? Kate o întrebă neliniştită.

Ştia că după-mesele şi serile aduceau mai mulţi clienţi în magazin, iar câteodată era chiar aglomerat. Era nevoie de doi oameni ca să poată servi pe toată lumea.

-Nu te teme, Kate. Mă descurc eu. În plus, nu uita, Jeanne trebuie să vină la patru. Totul e acoperit, Alice o asigură bătând-o liniştitor pe mână.

-Ah, da, am uitat de ea, Kate admise îngrijorată.

Nu şi-ar fi imaginat că ar fi posibil să uite programul angajaţilor săi. Doar era o femeie de afaceri! Îşi scutură din nou capul să şi-l limpezească.

-Va trebui să mă întorc seara, din păcate, ca să închid magazinul. Tu termini la şase.

-Pot sta până la nouă, dacă nu te deranjează. Aşa aş putea închide magazinul eu, Alice îşi oferi ajutorul.

Pentru ea nu era o problemă să rămână după program. Alice ştia că mereu Kate plătea mai mult decât ar fi trebuit, iar Alice avea nevoie de bani. Viaţa părea să devină din ce în ce mai scumpă zilele acelea.

-Pe bune? Stai până la ora închiderii? În tine am încredere să închizi magazinul şi să faci depozitul la bancă, Kate înhăţă şansa imediat.

-Bineînţeles că pot, Kate. Nu am nici un fel de planuri pentru seara aceasta, aşa că nu-i nici o problemă. Pot închide magazinul şi pot face şi depozitul la bancă, nu-ţi fă griji.

-Perfect! Atunci mă duc direct la culcare. Îmi mai trebuie cel puţin încă două ore de somn ca să-mi revin la normal, cred. Mâine o să fiu bine, o să vezi. De-atâta am nevoie, doar de un pic de somn, iar totul va fi bine după aceea, Kate continuă să bată câmpii.

-Nu-ţi mai fă griji pentru nimic şi du-te acasă să te odihneşti, Alice o luă pe după umeri şi o îndreptă spre biroul din spate. Voi închide magazinul, voi face depozitul la bancă şi pe tine te voi vedea mâine când vin la zece, da?

-Mulţumesc, Alice, mi-ai salvat viaţa, Kate răspunse cu entuziasm.

-Cam dramatic, ha? Alice spuse izbucnind în râs, iar apoi o bătu pe Kate pe umăr.

-Nici nu ştii, Alice. Chiar îţi apreciez ajutorul astăzi, ştii asta, spuse ea şi se îndreptă spre biroul său să-şi ia lucrurile.

-Că tot suntem pe tema asta, cred că ţi-ar trebui o vacanţă, Kate, Alice strigă după ea, de data aceasta cu o voce serioasă.

Kate se întoarse spre ea şi o privi. Da, Alice arăta într-adevăr foarte serioasă.

-Eşti extenuată, Kate. Lucrez pentru tine de vreo patru ani, nu-i aşa? Nu cred că ai plecat vreodată undeva pe o perioadă mai lungă decât un sfârşit de săptămână. Nu poţi continua aşa, ştii bine. Corpul tău are nevoie de decompresie, să-şi încarce bateriile. Nu cred că un final de săptămână ici colea contează. Nu poţi munci la infinit. Eu una aş pleca într-o vacanţă dacă aş fi în locul tău, Kate. Nu mi-ar fi prea greu să mă ocup de magazin cât eşti plecată. Putem să aranjăm programul de lucru în magazin cu uşurinţă, Alice îi explică.

Alice nu se gândea numai la situaţia ei financiară. Era chiar îngrijorată pentru şefa şi prietena ei. Kate muncise din greu ani la rând şi, deşi era tânără şi sănătoasă, corpul uman avea limitele sale.

-Mă voi gândi la asta, Kate replică. Da, ştiu, ai dreptate, Kate spuse repede şi-şi ridică mâna când văzu că Alice dorea să o întrerupă. Promit să mă gândesc la ce ai spus şi să plec în vacanţă curând, o să vezi.

-În regulă, şefa, decizia e a ta, Alice spuse şi se întoarse să plece.

-Oh, Doamne, ştii că urăsc când mă numeşti aşa, Kate replică cu neplăcere.

-Doar glumeam, Kate, privi Alice înapoi spre ea şi râse.

Râsul ei aduse un zâmbet şi pe buzele lui Kate.

CAPITOLUL 8

Două zile şi câteva ceasuri mai devreme... 17 iulie

Kate sosi acasă şi mai ostenită după ce a condus într-un trafic infernal. Şi-a parcat maşina şi a intrat în casă.

Simţea nevoia să se simtă comfortabil şi efectiv pica de oboseală, aşa că, imediat ce a închis uşa în urma ei, şi-a scos pantofii.

Şi-a aruncat geanta pe măsuţa de cafea şi s-a întors să meargă spre bucătărie, dar după câţiva paşi, a ezitat. S-a întors înapoi, şi-a luat telefonul celular din geantă şi a verificat apelurile pierdute. Acum erau cam cu cincisprezece mai multe decât înainte.

Ryan sunase tot timpul şi lăsase câte un mesaj vocal de fiecare dată. Kate se minună că nu a renunţat încă. Ea ar fi renunţat deja.

Kate aruncă telefonul înapoi pe masă şi se duse spre bucătărie unde îşi turnă un pahar mare de suc de portocale. Îl bău încet, chiar acolo, rezemându-se de contoar. După ce a băut ultima picătură, s-a decis să treacă prin mesajele lăsate de Ryan şi să le şteargă.

Kate ascultă primele două mesaje. Un Ryan furios striga la ea să răspundă şi să-l asculte. Kate scutură din umeri şi le şterse. Tonul lui era mult prea abuziv pentru un bărbat care încerca să obţină o favoare de la ea.

Nu s-a mai obosit să le asculte pe următoarele patru. S-a gândit că erau, cu siguranţă, pe aceeaşi linie din moment ce Ryan le lăsase foarte curând după primele două şi, clar, nu avusese timp să se răcorească.

Ascultă începutul celui de-al cincilea. Acum, Ryan, pe o voce dulce, încerca să o convingă să-i răspundă. Spunea că speră că lucrurile nu se schimbaseră între ei şi că mai exista ceva între ei doi.

Tonul lui era cald şi fermecător, probabil pentru că-şi dăduse seama că nu va răspunde pozitiv la urletele lui. Bărbatul încerca să-şi croiască drum înapoi în inima ei.

Evident, după câteva mesaje dulci, ispititoare, îşi pierduse răbdarea din nou: '*Răspunde la nenorocitul ăsta de telefon, Kate!*'

Kate dădu din umeri din nou, iar apoi se admonestă când îşi dădu seama că devenise un obicei în ultima vreme. Era deja parte din personalitatea ei. Ridică din umeri din nou, iar apoi, hotărât, şterse toate mesajele vocale şi mesajele text pe care Ryan i le trimisese. Îi era îndeajuns şi nu mai voia să-i audă vocea.

Închise telefonul şi-l lăsă pe masa din sufragerie. Cu paşi mari, se duse în dormitor, îşi smulse hainele de pe ea şi se strecură în aşternuturile răcoroase, aşa cum îşi imaginase mai devreme. Curând, adormi şi avu un somn agitat timp de aproape trei ore.

Kate avu multe vise, iar protagonistul fiecăruia era Ryan. Îl văzu în tot felul de situaţii oribile, una mai cumplită decât cealaltă. De câteva ori, îl visă zăcând pe o podea murdară, acoperit de sânge, iar pieptul nu i se ridica. Visele treceau dintr-unul în altul constant. Era ca o minge care se rostogolea la vale pe un deal şi ea nu avea puterea s-o oprească.

După somnul acela agitat, Kate se trezi ameţită, neliniştită şi în toane mai proaste decât înainte. Îşi

frecă ochii și, coborând din pat, se duse cu pași
ezitanți spre baie să facă un duș. Era lipicioasă și își
încreți nasul când simți mirosul sudorii care-i
acoperea pielea.

***

Kate își pregăti o masă ușoară, lâncezind asupra
detaliilor neimportante. Pe o farfurie, înghesui două
jumătăți ale unui sandviș cu brânză prăjit și sferturile
unei portocale pe care o curățise meticulos.

Apoi, ieși în curtea din spatele casei după ce, mai
întâi, fără prea multă tragere de inimă, făcuse un ocol
să-și ia telefonul lăsat pe masa din sufragerie.

Kate își mâncă sandvișul, în același timp uitându-
se piezeș la telefon, de parcă ar fi fost nociv. Nu dorea
să-l atingă.

Pe de o parte, își dorea ca telefonul să sune, dar
pe de alta era îngrozită că va suna.

Niciodată nu fusese atât de nesigură de ceva în
întreaga ei viață și asta o necăjea. Se detesta pe sine
pentru că se dovedea atât de ezitantă.

Kate înțelegea că visele acelea oribile jucau un rol
major în starea ei psihică din acel moment. Mintea ei
analitică îi spunea că ar trebui să se retragă și să
reconsidere totul dintr-o perspectivă diferită. Dar cu
toate acestea, nu putea trece peste gândul supărător
că decizia ei va avea un efect major asupra vieții lui
Ryan și într-o manieră pe care nici nu o putea ghici.

Kate se lăsase să cadă pradă jocului lui Ryan și se
ura din cauza aceasta. Era aproape sigură că bărbatul
încerca să o escrocheze. Kate era o femeie rațională și
chiar dacă se găsea într-o stare de agitație din cauza
viselor avute, nu putea să dea la o parte simțul său
practic.

Bipul telefonului o făcu să tresară. Verifică și, evident, venise un alt mesaj de la Ryan.

Nu le verificase pe celelalte încă, dar se decise să le sară și să-l citească pe ultimul. Scria: '*Te rog, iubito, înțelege, nu ți-aș cere asta dacă aș avea altă soluție. Am nevoie să mă ajuți acum. Am nevoie de ajutorul tău. Nu există altcineva de la care să pot cere. Îți promit că poți avea încredere în mine!*'

După ce citi mesajul. Kate pufni pe nas fără pic de eleganță, un obicei la care încercase să renunțe de foarte mult timp. Când era copil, mama ei îi amintea tot timpul că fetele nu trebuiau să se comporte astfel. Dar, și acela devenise parte a personalității sale și nu mai avea șanse să-l schimbe acum.

Kate puse telefonul înapoi pe tavă și se întoarse la gândurile sale împovărătoare. Știa că trebuia să ia o hotărâre, dar nu voia să-l lase pe Ryan să o împingă într-o anumită direcție numai din cauza anxietății pe care o făcea să se simtă vinovată.

În mod normal, Kate și-ar fi luat visele în considerare. Știa că mereu îi spuneau ceva important. Cu toate acestea, considera că are nevoie de un cap limpede și nu numai de intuiție pentru a decide.

Kate știa unde se găsea financiar. Fiind o femeie de afaceri, era foarte atentă cu finanțele ei. Admitea că suma pe care i-o ceruse Ryan nu o va sărăci, chiar dacă se dovedea că este un escroc. Ar câștiga banii aceia din nou în numai câteva zile.

Totuși, indiferent de posibilitățile sale financiare, două lucruri o îngrijorau și o derutau. În primul rând, totul suna aproape identic cu escrocheriile despre care citise pe Internet.

Mai mult decât orice, Kate ura să fie luată de fraieră. Îi displăcea enorm când oamenii se uitau la ea şi trăgeau concluzia că era o marcă uşoară din cauza tinereţii sale.

În afară de aceasta, suma pe care Ryan o ceruse era exact sub limita de zece mii, tocmai bună să treacă neobservată de către autorităţi. S-ar fi simţit mai bine dacă el i-ar fi cerut zece sau unsprezece mii de dolari.

Al doilea lucru care o măcina era în completă contradicţie cu restul. Kate era cu adevărat îngrijorată pentru Ryan. Era aproape sigură că are o problemă serioasă.

Chiar dacă dădea visele la o parte, bărbatul păruse disperat şi cu nervii întinşi la limită.

Kate presupunea că un escroc ar fi renunţat deja. I-ar fi pus numele în coloana pierderilor şi şi-ar fi văzut de treabă, căutând pe cineva care ar fi fost mai uşor de păcălit.

Aceasta o făcea să creadă că Ryan nu se ocupa cu escrocherii, dar că se găsea într-o situaţie foarte proastă, iar ea ar trebui să îl ajute, mai ales pentru că avea mijloacele să o facă.

Acum, dacă se gândea mai bine, nu riscase niciodată nimic în întreaga ei viaţă. Nu a riscat bani şi nu şi-a riscat inima.

Kate nu considera deschiderea magazinului un risc real. Când l-a deschis, ştia că tot ar fi avut suficienţi bani să trăiască chiar dacă magazinul nu ar fi mers şi afacerea s-ar fi dus de râpă.

Magazinul era doar un vis ce a devenit realitate. Ceva ce ea iubea. Mai mult de atât, plănuise totul cu multă grijă şi făcuse nenumărate studii de piaţă înainte de a-l deschide.

Părinţii ei îi lăsaseră o avere serioasă când au decedat într-un accident de maşină cu aproape zece ani în urmă. Kate a investit cu înţelepciune în fonduri variate de-a lungul anilor. Nu s-a lăcomit şi a ales fonduri sigure. Poate că nu i-au adus un câştig mare pe an, dar banii îi erau în siguranţă.

Precauţia ei nu a fost degeaba. Când piaţa a căzut în urmă cu câţiva ani, nu a reuşit să facă o gaură remarcabilă în fondurile ei. Deci, putea să rişte o dată în viaţă.

Brusc, Kate şi-a dat seama că dorea să-i dea banii lui Ryan. Ideea o şocă, dar avea bănuiala că încolţise în subconştientul ei de ceva vreme.

Kate ştia că hotărârea ei era nebunie curată, dar, în acelaşi timp, considera că ar face o investiţie înţeleaptă. Va afla care este adevărata situaţie cu Ryan şi se va simţi mai bine ştiind că a făcut tot ce putea pentru a-l ajuta dacă chiar avea nevoie de ajutor.

Lui Kate îi plăcea să fie cinstită cu ea însăşi. Admitea că simţea deja ceva pentru el, chiar dacă nu era atât de sigură că bărbatul merita ajutorul sau sentimentele ei.

Faptul că simţea ceva pentru el o uimea. Nu şi-a imaginat niciodată că ar putea dezvolta simţăminte pentru un bărbat pe care nu l-a întâlnit faţă în faţă.

Se simţea atrasă de el sau, mai bine spus, de vocea şi râsul lui. Îi plăcea să discute şi să se certe cu el tot timpul. Aproape absolut totul era o discuţie cu Ryan, şi încă una foarte vehementă.

Amândorora le plăceau conversaţiile acelea gălăgioase. Erau amândoi foarte satisfăcuţi când ajungeau la aceeaşi concluzie după o bătălie pasională şi inteligentă.

Lui Kate îi plăcea când Ryan îşi pierdea răbdarea, iar el şi-o pierdea de fiecare dată. Ori de câte ori îşi pierdea calmul, începea să vorbească printre dinţi şi chiar să mârâie ca un lup, iar aceasta o amuza pe Kate. Mârâitul lui suna primitiv, dar, într-un fel o incita. Suna cam ca un ritual de împerechere și chiar dacă ea nu dorise să o recunoască în fața lui, se gândise la el în acel fel de vreo câteva ori. Vocea lui îi provoca haos în sistem și o făcea să simtă furnicături pe piele.

Nu-i plăcea că răspundea atât de puternic la astfel de stimuli. Mereu se mândrise cu puterea ei de analiză rece și detașată.

Oricum, Kate s-a decis să-i dea banii și acum se simțea liniștită. Luase acea hotărâre cu ochii deschiși și era pregătită să nu vadă un cent înapoi.

Dorea doar să se asigure că a făcut ce trebuia să facă și că putea trăi cu sine însăși, fără regrete și întrebări fără răspuns.

Imediat după ce s-a decis, și-a luat telefonul și a răspuns la ultimul mesaj al lui Ryan, fără a se obosi să-i citească mesajul. Scrise: *'Bine, îți dau banii. Cum propui să o facem?'*

În câteva secunde, telefonul îi sună și ecranul îi arătă număr privat. Numai Ryan o suna cu număr privat. *Probabil că omul aștepta cu telefonul în mână,* mustăci ea.

-Alo, Ryan. Văd că mi-ai primit mesajul, îl salută ea pe o voce tăioasă, dornică să-l facă să priceapă că totul între ei era doar o afacere din acel moment.

-Iubito, știam că nu mă vei dezamăgi. Știam că nu poți renunța la mine așa cum nici eu nu pot renunța la tine, Ryan aproape strigă, cuvintele sale bulucindu-se, unul după altul, iar bucuria îi era evidentă în fiecare silabă.

-Nu e necesar să încerci atât de tare, Ryan. Deja am spus că-ți dau banii, Kate replică pe un ton disprețuitor.

-Ce vrei să spui, Kate? Spui că mint sau ce? Ryan strigă la ea, tonul său ridicându-se din nou.

-Spun că ai obţinut ce ai vrut şi nu e necesar să te mai oboseşti să mă vrăjeşti, Kate replică neafectată de izbucnirea sa.

-Deci tot la faza cu escrocheria suntem, din câte văd, spuse Ryan cu amărăciune.

Kate discernu o anumită resemnare în vocea lui, dar decise că deja cedase când îi oferise banii, şi nu dorea să cedeze mai mult de atât.

Îşi oţeli inima contra durerii pe care o percepea în cuvintele lui şi se întoarse la problema în discuţie.

-Cum vrei să o facem? repetă ea, ca şi cum nu ar fi fost decât o discuţie de afaceri pentru ea.

-Bine, câştigi pe moment, Ryan spuse cu resemnare obosită. Câştigi pentru că am nevoie de ajutorul tău şi nu are sens să ne certăm acum. Dar nu vei câştiga mereu, Kate. Vei vedea că nu am încercat să te escrochez şi îţi va părea rău că ai gândit atât de urât despre mine, replică el trist.

-Bine. Până atunci, însă, cum vrei s-o facem? spuse ea din nou cu încăpăţânare.

Nu voia să-l lase să o confuzioneze din nou.

-Ai putea trimite banii prin Western Union. Îţi dau numele unui tip pe care îl ştiu aici …

-Nu. Nu voi trimite banii unui tip de care nu am auzit niciodată, Ryan, şi în mod cert nu voi trimite atâţia bani prin Western Union, îl întrerupse ea decisiv.

-Dar nu pot folosi un cont bancar pentru transfer. Aceea nu e o opţiune, Kate. Nu e altă cale decât prin Western Union, îi explică el.

-Ba da, este. Dă-mi numele hotelului unde locuieşti şi voi trimite pe cineva să livreze banii la recepție în patruzeci și opt sau șaptezeci și două de ore maximum, Kate replică.

Ryan nu spuse nimic timp câteva clipe. Kate putea să-i audă respirația și staticul de pe linie, dar atât.

Kate așteptă răbdătoare, totuși. Mingea era în terenul lui și acum aștepta ca el să se decidă. Oricum, ea nu se va răzgândi.

-Ești sigură că asta vrei să faci? Ryan întrebă nesigur.

Asta-i ceva nou, mustăci ea. Niciodată nu l-a auzit să ezite, în nici o circumstanță.

-Da, replică ea.

-Bine, spuse el cu oboseală în voce. Facem cum vrei tu.

'*De parcă ai fi avut de ales,*' gândi ea cu dispreț, dar își ținu gura închisă.

După câteva momente de tăcere, ea îl întrebă din nou:

-Deci la ce hotel să trimit mesagerul?

-La Majestic, răspunse el, pe aceeași voce de afaceri ca și a ei.

Ryan părea să fi înțeles că ea vroia să trateze totul ca pe o tranzacție, o înțelegere între două părți, fără a implica nici un sentiment.

-Bine, atunci. Te voi anunța când să te duci să-ți iei banii. S-ar putea să ia puțin mai mult de patruzeci și opt de ore dar nu mai mult de șaptezeci și două, dacă reușesc să aranjez totul la timp, specifică ea, dorind să se asigure de o rezervă de timp.

-Am supraviețuit până acum, cred că voi mai supraviețui încă trei zile, spuse el. Nici nu-ți poți imagina cât de mult apreciez, începu el să-și exprime gratitudinea, dar ea nu îl lăsă.

-Da, știu, îl întrerupse ea. Acum trebuie să plec pentru că trebuie să aranjez câteva lucruri. Îți voi trimite mesaj pe telefon să-ți spun când să mergi să iei banii.

-Îți mulțumesc, iubito. Nici măcar nu îți poți imagina...

-Bine, am înțeles deja, îl întrerupse ea din nou, pe o voce supărată. Trebuie să plec, la revedere.

-Dar..., Ryan începu să mai spună ceva, dar se opri când și-a dat seama că ea deja închisese și nu mai era nimeni pe linie să-l audă.

Se uită la telefon scrâșnind din dinți, iar apoi îl aruncă furios pe patul din apropiere.

-O va face? Adam îl întrebă cu ezitare, temându-se că Ryan va exploda.

Ryan se întoarse spre el cu mâinile pe șolduri. Își plecă capul și închise ochii ca un om învins. Nu spuse nimic pentru câteva momente. Apoi, se uită din nou la Adam și-i răspunse:

-Da, o va face.

Se întoarse, gândindu-se să iasă din casă, când Adam vorbi din nou:

-Crezi că ai stricat totul, nu-i așa?

Ryan se opri cu mâna pe clanță și apoi dădu din cap. Replică pe un ton calm:

-Așa se pare. Este convinsă că sunt un escroc.

-Dar atunci de ce-ți dă banii? se miră Adam.

-La naiba dacă știu, Adam... Să mă ia naiba dacă știu... Crezi că vei fi în regulă dacă ies jumătate de oră? Ryan îl întrebă, mereu cu mâna pe clanța de la ușă. Abia aștepta să părăsească încăperea.

-Nu-ți fă griji, prietene. Voi fi în rgulă. Du-te, ai stat închis în camera asta aproape două zile continuu şi cred că mai ai un pic şi înnebuneşti, Adam îi răspunse şi râse, dar râsul său părea cam forţat.

-Sunt cam pe-acolo, Ryan replică şi părăsi încăperea mică.

Camera îl sufocase în ultimele ore şi avea nevoie de o gură de aer curat. Trebuia, de asemenea, să se gândească la Kate şi la ce a făcut-o să se răzgândească atât de brusc, pentru că nu o înţelegea. Sperase să o convingă, era adevărat, dar era sigur că îi va trebui mult mai mult timp să o facă.

CAPITOLUL 9

Două zile mai devreme – 17 iulie

Kate servea o clientă, o femeie îmbrăcată într-o ținută extrem de teatrală, când clopoțelul de deasupra ușii sună. Privi spre ușă și o văzu pe Alice intrând în magazin, rotindu-și cureaua de la geantă pe deget.

Kate aruncă o privire spre ceas și văzu că era aproape zece. Îi zâmbi lui Alice și continuă să-i arate bijuteriile din chihlimbar femeii ce purta un caftan lejer. Se întrebă, și nu pentru prima oară, cine purta caftan în mijlocul verii.

Kate își dorea ca femeia să se decidă o dată. Dorea să meargă în spate și să discute cu Alice. Acum că se hotărâse, era nerăbdătoare să acționeze.

În sfârșit, clienta se decise să cumpere un set compus dintr-un colier, brățară și cercei. Ușurată, Kate puse totalul pe cardul de credit al femeii și o conduse la ușă.

După ce femeia dispăru în mulțime, Kate întoarse semnul de pe ușă pentru a anunța clienții că se va întoarce în zece minute și se duse în spatele magazinului să discute cu Alice.

-Oh, bună, Kate. A plecat clienta? Alice se întoarse către Kate, în același timp pregătindu-și o ceașcă de cafea cu lapte și zahăr.

-Da, Alice, a plecat. Vreau doar să discut cu tine câteva minute înainte să începi lucrul, spuse Kate, invitând-o să ia loc în scaunul din fața biroului ei.

-Da, desigur. Este totul în regulă? Alice întrebă așezându-se cu grijă, iar apoi netezindu-și fusta peste picioare.

Kate zâmbi. Alice avea propriile ei idiosincrazii, dar tocmai de aceea o plăcea.

-Oh, da, Alice, nu-ți fă griji, totul este în regulă. Îți amintești că am vorbit despre faptul că ar trebui să-mi iau o vacanță? Kate începu ezitant.

-Da, desigur. Îmi amintesc foarte bine. Chiar cred că ți-ar face bine să părăsești Montrealul pentru ceva vreme. Vreau să spun pentru o vacanță de mai mult de trei sau patru zile. Te-ai gândit la asta? Alice o întrebă și își gustă cafeaua să vadă dacă a reușit s-o potrivească exact cum îi plăcea.

-Ei bine, da, replică, Kate.

Se hotărâse să nu-i spună lui Alice întreaga poveste. Îi displăcea să facă lucrurile pe ascuns, dar se gândi că era mai bine dacă Alice nu știa ce avea de gând să facă.

-Vezi tu… Se pare că am ocazia să plec pentru vreo trei săptămâni... Voi merge in Malaezia cu niște prieteni în vacanță, Kate spuse.

Nu putea să se uite direct la Alice. Nu știa să mintă credibil, iar chipul ei o trăda tot timpul.

-Asta-i nemaipomenit, Kate, Alice se bucură auzindu-i planul.

-Ei bine, este, dar, vezi tu, ar trebui să plec diseară în jur de ora unsprezece. Știu că este cam brusc și nu îți dau prea mult timp să te gândești la o schimbare în programul tău de lucru …

-Nu-ți fă probleme, Kate, desigur că trebuie să mergi, Alice îi îndepărtă îngrijorarea cu un gest al mâinii. Voi lucra un schimb modificat. Îl voi împărți în două. Așa o să pot deschide magazinul dimineața şi o să-l pot închide seara, iar Jeanne poate lucra orele dintre schimburile mele. Este în vacanță şi chiar ieri îmi spunea că ar vrea mai multe ore acum, ținând cont că e vară. Ştii cum e cu fetele foarte tinere şi vara, îi făcu ea cu ochiul. Aşa că e perfect, nu-i aşa? Va fi foarte încântată să poată lucra opt ore pe zi, îți dai seama. Desigur vom fi împreună în magazin câteva ore pe zi, dar cred că totul va fi în regulă... Deci, poți pleca când vrei tu. Cred că chiar ar trebui să pleci acum şi să te pregăteşti. Voi avea grijă de absolut tot aici, îți promit, spuse Alice.

-Deci nu te deranjează, concluzionă Kate, uşor amuzată de entuziasmul lui Alice.

-Nu, evident că nu. M-am tot gândit la asta de ceva vreme. Ai nevoie de o vacanță mai lungă. Şi chiar o meriți. Ai tot muncit din greu de atâta timp şi nu ți-ai făcut timp pentru tine deloc. Voi avea grijă de absolut tot în magazin, aşa că poți să pleci liniştită, Alice spuse zâmbind şi sări de pe scaun, aproape gata să o dea pe Kate pe uşă afară.

Kate izbucni în râs şi spuse:

-Bine, bine, plec acum, nu te ambala. Nu e nevoie să mă arunci afară.

Apoi, pe un ton serios, începu să-i explice lui Alice ce se va întâmpla în continuare:

-Tu eşti şefa pentru următoarele trei săptămâni. Voi pregăti cecurile pentru salariile voastre, inclusiv cele opt ore pe zi pentru Jeanne. Tu vei primi o creştere de salariu şi o primă pentru că vei munci mai mult, da? Va trebui să primeşti comenzile şi să plăteşti pentru ele... Îți voi lăsa cecurile şi pentru acelea, de asemenea. Desigur, va trebui să-i dai cecurile de salariu lui Jeanne. Toate cecurile vor fi în acest sertar aici, Kate îi arătă lui Alice sertarul din dreapta sus al biroului său.

-Nu aş spune nu la mai mulţi bani, Kate, doar mă ştii, Alice râse şi se ridică.

Îşi luă cafeaua cu ea şi se duse în magazin unde întoarse semnul de pe uşă pentru a invita clienţii înăuntru.

***

Kate scrise cecurile pentru cele trei zile de salariu care urmau şi verifică stocul încă o dată să se asigure că făcuse toate comenzile necesare. De asemenea, verifică cecurile pentru furnizori. Alice trebuia doar să ia cecul şi să-l înmâneze furnizorului.

După ce a terminat de organizat totul, îşi rezervă un bilet dus-întors pentru Malaezia în seara aceea la unsprezece şi, pentru că avionul ateriza în jurul orei zece dimineaţa, rezervă o noapte în acelaşi hotel unde trebuia să lase banii.

Nu-şi imagina că Ryan va ghici cine era mesagerul, iar ea dorea să arunce cel puţin o privire asupra bărbatului. În fond, o bătuse la cap timp de câteva luni deja şi nu era încă pregătită să împingă acele luni în colţul amintirilor.

Dintr-un impuls, rezervă şi plăti o pentru o casă de vacanţă pe plajă. Dacă tot zbura spre Malaezia, şi era un drum lung până acolo, într-adevăr, cel puţin se putea bucura de trei săptămâni la soare.

Kate cheltui aproape douăsprezece mii de dolari, iar când făcu totalul cheltuielilor, oftă. Se consolă cu ideea că de fapt compensa cei şase ani în care nu mersese nicăieri.

Verifică totul din nou ca să se asigure că totul era pus la punct și când se convinse că nu erau probleme, o chemă pe Alice în biroul înghesuit ca să treacă cu ea peste documente.

Jeanne își începuse deja schimbul și Kate știa că putea să se ocupe de clienți pentru o vreme. Între timp, Kate trebuia să se asigure că Alice știa tot ce era de știut în legătură cu conducerea magazinului pentru următoarele trei săptămâni.

***

Când se convinse că Alice a înțeles tot și, în consecință, putea să se ocupe de afacere în timpul vacanței ei, Kate plecă și merse la bancă pentru a retrage zece mii de dolari din contul ei bancar.

Kate era mereu precaută și planifica totdeauna pentru evenimente imprevizibile, așa că verifică dacă își putea folosi cardurile de debit și credit în străinătate sau dacă trebuia să cumpere cecuri de călătorie.

După scurta sa oprire la bancă, unde totul s-a desfășurat fără nici un fel de probleme și unde avu plăcuta surpriză să afle că nu va avea probleme cu cardurile, s-a dus la *The Bay* să cumpere o geantă mică pentru cei nouă mii de dolari pentru Ryan.

Apoi, Kate se gândi la garderoba sa și oftă. Acum trebuia să cheltuie un pic mai mult. Avea nevoie de haine noi pentru experiența sa de vară, ceva diferit de ce purta zi de zi.

După ce s-a gândit mai bine, s-a decis să adauge la ținuta ei ceva care ar fi ajutat-o să-și ascundă fața și ar fi făcut-o de nerecunoscut. Dorea să-l vadă pe Ryan când venea să ia banii, dar nu voia ca el să-şi dea seama de prezenţa ei.

Decisă, a completat ansamblul pe care şi l-a cumpărat cu o pălărie şic. Borul larg şi nişte ochelari de soare imenşi îi acopereau jumătate de faţă. Kate aproape că nu se recunoscu ea însăşi când se privi în oglindă.

CAPITOLUL 10

O zi şi jumătate mai devreme în jurul orei 11 noaptea– 17 iulie

Nici la cinci minute după ora unsprezece seara, avionul decolă spre Turcia, prima parte a zborului său. Aflată la bordul avionului, Kate se întrebă a zecea oară la ce Dumnezeu se gândise când a decis să zboare în jurul globului, doar aşa dintr-un simplu impuls. Era un zbor foarte lung, chiar dacă se oprea pentru câteva ore în Istanbul.

Kate îi trimisese deja un mesaj lui Ryan pentru a-i spune că putea găsi banii la recepţia hotelului la ora patru după-masa ziua următoare.

Kate îşi rezervase destul timp să ajungă de la aeroport la hotel şi să se odihnească câteva ore. De asemenea, rezervase timp în caz că apăreau întârzieri de-a lungul călătoriei.

Kate a citit replica entuziasmată a lui Ryan, dar nu i-a răspuns la telefon când a sunat. Refuza să aibă orice contact cu el pentru următoarele douăzeci şi patru de ore.

Stewardeza veni cu cina pe o tavă imediat ce avionul atinse altitudinea de croazieră, iar Kate privi farfuria suspicioasă. Mâncarea nu părea prea apetisantă şi, cum deja mâncase înainte să plece de acasă, lăsă tava deoparte şi se culcă.

***

Kate se trezi cu o oră înainte de aterizare.
Însoțitoarele de bord începuseră deja să servească
micul dejun și, de data aceasta, acceptă tava și ceru
și cafea. Își mâncă pateurile, cu gesturi leneșe,
ascultând la discuțiile din jur.

Fusese foarte norocoasă pentru că locul de lângă
ea rămăsese neocupat și nimeni nu a deranjat-o. Chiar
a folosit ambele locuri pentru dormit și se simțea
destul de revigorată.

Kate își bău cafeaua privind pe fereastră. Încerca
să nu se gândească la a doua parte a călătoriei sale și
mai ales la momentul când îl va vedea în sfârșit pe
Ryan.

Avea două ore și cincisprezece minute de omorât
în Istanbul iar apoi alte unsprezece ore până la Kuala
Lumpur, deci avea suficient timp să pritocească ce
urma să vină. Pe moment, preferă să-și lase mintea să
hoinărească.

***

Kate coborî din avion la Istanbul și se duse la
punctul de control al pașapoartelor, unde un ofițer
cumsecade o direcț>onă spre Lounge-ul Clasei Întâi,
care se găsea imediat după punctul de control, un etaj
mai jos de etajul cu tot soiul de restaurante.

Intrând în lounge, se găsi într-o lume pe care nu
și-ar fi imaginat-o niciodată. Pentru o tânără femeie
care și-a petrecut viața între studii și muncă și care nu
părăsise Montrealul în mai bine de zece ani, lounge-
ul arăta ca o lume de pe altă planetă.

Kate petrecu o oră și jumătate gustând
delicatesele oferite și se lăsă cuprinsă de atmosfera
deosebită. Diferențele culturale păreau copleșitoare

uneori, dar ea absorbi noutățile cu mult entuziasm, iar când veni timpul de îmbarcare, regretă că trebuia să părăsească lounge-ul.

Lui Kate îi era efectiv groază de zborul spre Malaezia. Zborul dura aproape unsprezece ore și numai gândindu-se la el se simțea extenuată.

Kate se felicită că i-a cerut lui Ryan să vină să ia banii după-masă. Astfel ar fi avut și ea posibilitatea să se odohnească puțin și, mult mai important, ar fi avut timp să aranjeze totul cu recepționistul hotelului.

Spera ca recepționistul să fie deschis planului ei, pentru că altfel nu ar fi știut cum să-l recunoască pe Ryan când venea să ia banii. Desigur, dacă el era cel care venea după bani. Cercetările pe care le făcuse îi arătaseră că existau rețele uriașe ce operau acolo. Persoana care venea după bani putea fi oricine.

Gândul că Ryan făcea parte dintr-o operație de acel soi o tulbura profund. Aproape se ura pe sine pentru că i-a permis să se strecoare în sufletul ei. Suspecta că era operațiunea bine orchestrată a unei rețea și ea fusese doar o simplă țintă.

Ei bine, până la urmă fiecare trebuia să facă niște greșeli mari de-a lungul vieții, iar ea nu făcuse nici una până atunci. Probabil că-i venise timpul.

***

Soarele dimineții o trezi pe Kate. Pentru câteva clipe nu știu unde se afla și clipi de câteva ori până își reaminti unde era și de ce.

Privi în jur și văzu că marea parte a oamenilor încă dormea. În liniște, se duse la toaletă și se curăți cum putu mai bine. Când se întoarse, însoțitorii de bord începuseră deja să servească micul dejun şi-i lăsaseră o tavă în faţa locului său.

După ce începu să mănânce, o stewardeză veni şi îi oferi cafea sau ceai. În ciuda orelor lungi de somn, Kate se simţea extenuată şi avea nevoie de cafea să îşi înceapă ziua.

Călătoria începea să o afecteze. Se simţea obosită şi mai avea încă două ore de zbor înainte de aterizare. Gândindu-se că trebuia să conducă maşina patruzeci şi cinci de minute de la aeroport până la hotelul Majestic, oftă.

Când îşi văzuse reflecţia în oglinda de la toaletă, Kate se îngrozise. Era palidă şi avea cearcăne în jurul ochilor.

Îşi promise să nu mai călătorească niciodată aproape douăzeci şi patru de ore fără întrerupere pentru că era nebunie curată.

Kate spera ca cele patru ore pe care le avea înainte ca Ryan să vină vor fi îndeajuns să o ajute să se simtă mai bine şi, mult mai important, să arate mai bine, nu ca şi cum ar fi fost pe patul morţii.

Kate sorbi din cafea visătoare, privind norii de dedesubt şi, după cum îi era obiceiul, jucă diferite scenarii în minte.

Avea un oarecare control asupra evoluţiei evenimentelor şi asta o satisfăcea. Ea decisese cum urma să se desfăşoare 'afacerea'. Refuza să numească altfel acel stadiu al relaţiei ei cu Ryan. Era decisă să nu se lase atrasă în melodramă.

Kate era abătută şi plină de amărăciune. Considera, totuşi, că era perfect natural să simtă un soi de regret, chiar dacă niciodată nu sperase că ceva real ar fi ieşit din povestea cu Ryan.

Dar, cu toate acestea, se simţise apropiată de Ryan. Bărbatul era capabil să perceapă partea amuzantă a lucrurilor şi ea fusese atrasă de inteligenţa lui acerbă şi cunoştinţele variate. Vorbiseră despre cărţi şi filme şi chiar filozofie.

Ryan se dovedise un bărbat complicat care citise mult. Nu ar fi crezut că un escroc ar fi putut fi atât de versat în arta conversaţiei.

Mai mult de atât, fusese atrasă de el, ca bărbat, şi nici măcar nu-l întâlnise încă, iar acest lucru efectiv o făcea să ameţească. Nu putea pricepe cum de a putut reacţiona atât de puternic la un bărbat pe care nu l-a întâlnit.

Kate recunoscu că i-ar fi plăcut să fi avut o relaţie reală cu Ryan. I-au plăcut până şi certurile legate de lucruri mărunte, dar şi amuzamentul care venea la final.

Acum se temea că, de fapt, construise acea relaţie numai în imaginaţie şi îi era groază gândindu-se că nu va găsi ceva asemănător în viaţa reală. Probabil, după câţiva ani, se va mulţumi cu mai puţin de atât şi efectiv ura acel gând.

Vocea pilotului îi întrerupse gândurile, invitând pasagerii să-şi pună centurile. Procedurile de aterizare începuseră, iar Kate era nerăbdătoare să vadă ce se va întâmpla în următoarele câteva ore. Gândul că va da ochii de Ryan o înspăimânta, dar o şi entuziasma în acelaşi timp.

Cu o nouă hotărâre, coborî din avion şi, după ce trecu de punctul de control al paşapoartelor, se duse la biroul pentru închirierea maşinilor să-şi ia cheile pentru maşina pe care o rezervase din Montreal.

După ce a semnat hârtiile, şi-a început călătoria de patruzeci şi cinci de minute spre Majestic şi, poate, spre Ryan.

Kate nici măcar nu se obosi să admire peisajele. Ştia că va avea tot timpul din lume pentru a le vedea în următoarele trei săptămâni. Va avea timp atunci să se bucure de atmosfera şi stilul de viaţă în Malaezia. Pe moment, era o femeie cu o misiune.

***

La hotel, după ce şi-a luat singura valiză de pe bancheta din spate, Kate i-a înmânat cheile unui valet. I-a zâmbit portarului şi, intrând în hotel se duse direct la recepţie, unde se afla un tânăr zâmbitor.

CAPITOLUL 11

Înapoi în prezent – 19 iulie

Bărbatul nu răspune nimic câteva clipe, iar tăcerea păru amenințătoare.

-Mai ești acolo? îl întrebă ea când tăcerea începu să o copleșească.

-Da, sunt. Sunt aici, Kate. Și când spun aici, înseamnă *aici*, veni replica lui înfierbântată.

Nici o secundă mai târziu, pași apăsați răsunară pe veranda casei. Surprinsă, Kate privi în direcția aceea și îl văzu.

Apăru în fața ochilor ei cu o grimasă în colțul gurii. Își închise telefonul privind-o fix. Expresia de pe chipul lui nu promitea nimic bun.

Picioarele lui Kate căzură de pe celălalt scaun cu zgomot, iar ea îngheță pe loc. Uită și să-și închidă telefonul. Cu reflexe amorțite, reuși să-l lase să cadă pe masă cu mișcări încete.

Ochii ei străluceau ca niște lacuri imense verzi înghețate. Bărbatul o domina cu înălțimea lui, iar atitudinea lui nu prevestea nimic bun. Părea gata să se arunce pe ea în orice clipă.

Kate deveni conștientă numai de un singur lucru: un bărbat uriaș și furios se apleca deasupra ei. Orice gând coerent i-a dispărut, iar figura lui era singurul ei punct focal.

La vederea atitudinii sale amenințătoare, i se strânse gâtlejul și trebui să facă eforturi serioase doar pentru a respira.

'Oh, Doamne, e imens!' De la distanţă, în hotel, nu i se păruse atât de înalt sau atât de bine făcut. Acum, Kate îşi dădu seama că avea peste 1,90.

Probabil că în trecut jucase fotbal, dacă ar fi fost să ghicească după muşchii săi masivi, pe care cămaşa nu reuşea să-i ascundă.

Îşi strânsese pumnii atât de tare încât i se albiseră încheieturile şi era extrem de încordat. Muşchii vânjoşi de pe braţe i se agitau. Părea că încerca să-şi păstreze cumpătul, dar nu era sigur că va reuşi.

Ochii negri ai lui Ryan o fulgerau cu furie, iar gura îi era o linie subţire, ceea ce îi făcea chipul rigid şi neiertător. Cel puţin făcea efortul de a nu striga la ea sau de a o strangula, deşi părea înclinat s-o facă.

Ea continua să stătea jos şi se holba şocată la el, speriată oarecum de forţa brutală pe care o percepea în trupul lui. În următoarea clipă, el o prinse de braţe şi o trase în sus de parcă era o păpuşă de cârpă. O scutură atât de violent că-i clănţăniră dinţii.

-Fetiţă proastă şi tembelă, Ryan aproape mârâi cuvintele printre dinţi, ca şi cum nu ar fi fost capabil să-şi descleşteze gura şi să vorbească normal.

Simţindu-i mânia intensă şi fierbinte, Kate fu convinsă că a ajuns la capătul liniei. Era mai mult ca sigur că, în nici o clipă, va zăcea moartă exact unde se afla. Era conştientă că nu era capabilă să se apere în faţa forţei lui brutale.

Ceea ce urmă, o şocă şi mai mult. După câteva momente încordate, timp în care el a continuat să o zguduie atât de rău încât îşi putea simţi oasele zornăind, brusc a tras-o în barţe şi a lipit-o de el, strângând-o într-o îmbrăţisare de urs. Gestul acela o confuzionă şi mai mult.

Îşi îngropă faţa în părul ei şi-i inhală mirosul cu lăcomie. Încerca să respire şi trebuia să facă eforturi considerabile să tragă aer în piept.

Când corpul ei îl atinse pe al lui, Kate îl simţi tremurând şi nimic nu mai făcu sens în mintea ei. Probabil căzuse prin gaura de iepure într-o lume paralelă.

Kate prindea când şi când ceva din şoaptele lui ininteligible. Îi şoptea ceva, fervent, dar faţa îi era îngropată în părul ei şi ea nu înţelegea nimic.

Mai mult decât atat, era atât de năucită de reacţiile lui, încât nu reuşea să proceseze nimic. Se aşteptase la cu totul altceva când bărbatul apăruse acolo atât de furios.

Absolut totul părea extrem de ireal. Pentru o clipă, se gândi că zborul lung din ultimele douăzeci şi patru de ore i-a distrus conexiunile neuronale din creier şi de aceea se confrunta cu lucruri atât de ciudate.

Kate nu-şi dăduse seama că Ryan o urmărise de la hotel şi de aceea prezenţa lui acolo îi înceţoşase mintea. Venirea lui nu făcea parte din planul ei şi se temea că pierduse controlul situaţiei.

Singurele cuvinte pe care le putea formula mintea ei erau interjecţii ca *'wow'* şi *'oh, Doamne!'* Nu putea construi o propoziţie coerentă.

Kate încercă să se adune, să formeze idei logice. Puterea de gândire îi dispăruse în momentul în care l-a văzut pe Ryan de-aproape. Era mult mai mult decât îşi imaginase.

Aparenţa sa fizică o uluia, iar Kate nu fusese niciodată tipul de femeie care să ofteze sau să leşine la vederea unor muşchi bine dezvoltaţi sau a unui piept lat. Preferase întotdeauna tipul de intelectual.

Acum, realitatea îi dovedea că se mințise pe sine. Trupul lui Ryan pur și simplu îi golise mintea de orice gând rațional. Se simțea rușinată că avea o astfel de reacție tipic de puștoaică, mai ales că niciodată nu reacționase astfel, nici măcar când era adolescentă.

Kate nu se așteptase niciodată să vadă un om atât de fascinat cu ea. Nici el nu putea formula o frază comprehensibilă. Indiferent de cât de ciudată părea reacția sa, când deveni conștientă că avea o asemenea putere asupra lui, Kate fu chiar măgulită.

Acum era convinsă că nu juca un rol doar pentru a o păcăli. Nu avea cum să fie un actor atât de bun.

-Ryan, reuși ea să murmure.

Fața ii era tot îngropată în pieptul lui, iar fiecare respirație aducea cu sine mirosul ușor sărat al pielii sale umede și aceasta îi distrăgea toate simțurile.

Ryan nu răspunse. Părea să nu o fi auzit. Bărbatul continua să o țină strâns la piept cu mâna sa dreaptă, iar, în același timp, degetele sale aspre de la cealaltă mână îi trasau conturul feței. Atingerea să aspră lăsa o senzație fierbinte în urmă și o făcea să simtă furnicături ciudate în partea de jos a abdomenului.

Buzele lui îi atinseră urechea și atingerea aceea ușoară o făcu să se cutremure imperceptibil. Acum furnicăturile acelea stranii erau prezente peste tot pe corpul ei și înlăuntrul ei și aduseră la viață un miriad de senzații necunoscute, dar dureros de plăcute, care îi făceau sângele să cânte.

-Ryan, spuse ea mai tare de data aceasta.

Kate simțea nevoia să iasă din acea transă a simțurilor. De data aceasta, avu un oarecare succes și îl aduse și pe el înapoi la realitate.

-Ce-i? Ryan mormăi, supărat că a fost întrerupt.

Aceasta nu însemna că s-a oprit din a o atinge. Degetele sale continuau să-i mângâie obrazul, iar buzele lui, uşor depărtate şi umede, le urmau îndeaproape.

Kate râse uşor remarcându-i supărarea şi aceasta o surprinse. După câteva clipe îşi aminti ce dorea şi spuse:

-Chiar cred că ar trebui să vorbim mai întâi Ryan, nu-i aşa?

Vocea lui Kate era ezitantă. Nu era foarte convinsă că dorea ca tortura aceea dulce să se încheie.

Pentru prima dată în viaţă considera că vorbitul era supraestimat. Nu putea fi nimic rău în a-şi lăsa trupul în voia acelor senzaţii electrizante.

-Despre ce să mai vorbim? Ryan întrebă dur, trăgându-se uşor la distanţă şi privind-o iritat în ochi. Eşti aici, deşi amândoi ştim că nu ar trebui să fi, se încruntă el, dar apoi continuă. Eu sunt aici... şi am nevoie de tine, iubito, pe bune, rău de tot, şi chiar acum. Nu mai vreau amânări, nu mai vreau să aştept... Nu mai pot să aştept... M-am gândit prea mult la asta şi...

-Abia ne-am întâlnit, Ryan, Kate îl întrerupse pe un ton sec.

Încerca să fie logică şi să-l facă şi pe el să vadă că ea avea dreptate în acelaşi timp, chiar dacă nu-i era uşor nici ei să fie raţională când pielea îi ardea efectiv.

-Dar ne ştim bine unul pe celălalt, Kate. Haide, doar ne ştim de destulă vreme, nu-i aşa? Am vorbit şi ne-am certat atâtea ore că... Nu, nu mai are sens să vorbim şi să argumentăm. Asta nu ne va apropia mai mult decât până acum, Kate... Nu vezi că am dreptate, iubito? Te rog, gândeşte-te sau mai bine spus, nu mai gândi, aproape că o imploră el, iar apoi îi împinse o şuviţă de păr la o parte, pentru a-i putea atinge curbura obrazului, pe care apoi i-l luă în căuşul palmei.

Îşi aplecă capul, ochii săi privind mereu fix în ochii ei, pregătit să surprindă cea mai mică strălucire şi reacţie. Îşi frecă buzele de ale ei, abia atingând-o, fermecând-o, împingând-o să accepte inevitabilul şi să cedeze.

Kate îl fixă cu privirea câteva clipe. Apoi, trebui să admită că nu era capabilă să-l refuze. Nu-i putea spune '*nu*'.

Mai mult de atât, dacă dorea să fie complet cinstită cu sine, trebuia să recunoască că nu avea nici o intenţie să-i refuze avansurile. Întregul ei corp vibra deja pe aceeaşi lungime de undă cu al lui, iar acum, tânjea după mult mai mult decât atingerile sale uşoare.

Dacă chiar voia să fie exactă, nu se ştiau cu adevărat. Dar chiar dacă s-ar fi întâlnit constant şi ar fi avut toate acele conversaţii faţă în faţă, situaţia ar fi fost aceeaşi.

Kate tot nu ştia cine era el. Nu avea nici cea mai mică idee dacă era un simplu şarlatan sau nu, dar nu voia să se mai gândească la toate cele, în special când el o ţinea în braţe de parcă ar fi fost extrem de importantă pentru el.

Se găsea acolo cu el şi asta era tot ce conta. Kate nu era o persoană căreia îi plăcea să rişte totul, dar acela era unul din acele momente în viaţă când avea senzaţia că merita să sară în necunoscut cu ochii deschişi.

Uitându-se drept în ochii lui pentru a-i putea judeca reacţiile, Kate îi atinse pieptul timid. Încerca să-şi testeze instinctele şi să facă dragoste cu el. Nu avea prea multă experienţă şi niciodată nu luase ea iniţiativa înainte, aşa că trebuia să-şi găsească ritmul.

După ce îi mângâie pieptul cu atingeri uşoare ca pana, mâinile îi alunecară leneş pe bust în jos, spre talie unde îl mângâie cu mâini tremurătoare, înainte de a-l încercui cu braţele.

Pupilele lui Ryan se dilatau din ce în ce mai mult şi deveneau mai intense, ceea ce o făcu să creadă că-i plăceau atingerile ei la fel de mult pe cât îi plăcea ei să îl atingă. Se topi în el. Îşi alinie bustul cu al lui pentru a-l simţi mai bine.

Buzele ei umede îi găsiră clavicula şi lăsară o urmă de săruturi umede pe pielea sa firbinte, închisă la culoare, gustându-i aroma de mosc bărbătească. Cu vârful limbii trasă o cale unduitoare de la o parte a claviculei la cealaltă şi savură gustul pe care pielea sa i-o lăsa pe limbă.

În acelaşi timp, degetele sale săpau în muşchii puternici ai spatelui lui, masându-i uşor la început, apoi alternă atingerile uşoare cu unele mai puternice şi profunde. Muşchii lui se încordară şi tremurară sub degetele ei jucăuşe şi un râset victorios ţâşni de pe buzele ei.

Ryan fu surprins să-i audă râsul şi-şi arcui sprânceana stângă. Kate era de asemenea uimită când realiză cât de mult îi plăcea să-i simtă corpul fără restricţii şi cât de mult îi plăcea să-l facă să cânte de parcă era o vioară.

Ochii lui Ryan, pe jumătate închişi, erau în continuare fixaţi cu încăpăţânare asupra ei. Suspansul şi aşteptările îi uscaseră buzele şi-şi linse buza superioară scurt. Inhală brusc când ea se întinse şi cu vârful limbii îi linse adâncitura de la baza gâtului.

-Destul m-ai tachinat, iubito, mormăi el.

Vocea îi era tensionată şi răguşită. O ridică în braţe smulgându-i un strigăt de surpriză de pe buze. Kate îşi aruncă braţele în jurul gâtului lui pentru ca să se suţină, temându-se că o va scăpa.

Privindu-i chipul lui Kate cu intensitate, Ryan o porni spre casă cu paşi mari grăbiţi, dornic să-i găsească dormitorul imediat pentru a începe a se ospăta cu ea.

Imaginea aceea o făcu să se înroşească, dar şi să tremure, ceea ce-l făcu pe Ryan să-i arunce un rânjet de lup flămând, iar primitivismul său înnăscut îi luci mai puternic în ochi. Îi promitea că mult mai mult urma să vină. Pentru un moment, Kate se temu că intensitatea a ceea ce urma să se întâmple o va consuma complet.

Kate nu-şi imaginase niciodată că i-ar place să fie cărată astfel or că ar fi încântată că avea puterea să alimenteze astfel de masculinitate brută într-un bărbat. De regulă, ar fi fugit cât mai departe de un astfel de bărbat. Prudenţa nu făcea casă bună cu emoţiile pure.

Lui Kate îi plăcea profund aroganţa lui Ryan, precum şi demonstraţia de putere fizică pură.

Instinctiv, Ryan alese drumul corect spre dormitorul ei şi o cără în cameră după numai câţiva paşi uriaşi. Acolo, o lăsă să alunece de-a lungul corpului lui până ce tălpile îi atinseră podeaua.

Era pur şi simplu copleşit şi-i plăcea cum se simţea având-o lipită de el şi cum pielea lui ardea în direct contact cu trupul femeii. Nu-i dădu drumul. O ţinu aproape, iar ochii lui îi cercetau pe ai ei în profunzime. Dorea să se asigure că şi ea simţea la fel şi îşi dorea acelaşi lucru, că dorea acea legătură intimă dintre ei, la fel de mult cum o dorea el.

O dată ce se asigură că nu a înţeles greşit, se trase la distanţă de un braţ şi îşi lăsă ochii să-i cerceteze corpul liber, din vârful capului şi până la tălpi. Un rânjet apreciativ şi flămând îi apăru pe buze, asigurând-o că era satisfăcut de ce vedea.

Bărbatul întinse un braţ în spatele ei şi-i găsi fermoarul de la rochie. Dureros de încet, iar anticipaţia aproape o ucise, îl coborî iar ochii lui urmărirã progresul. Rochia se desfăcu şi-i eliberară sânii, iar acum el se putea delecta cu mai multe decât înainte, când trebuise să ghicească cam cum ar arăta.

Pielea rozalie îl chema şi nu se obosi să-şi nege dorinţa. Ryan trasă cu grijă conturul unui sân, cu unul dintre degete.

Ochii lui Kate stăteau aţintiţi pe el. El se concentra intens urmărind mişcarea acelui deget, ca şi cum textura pielii ei îl fascina.

Întregul ei corp îi captiva ochii. Atingerea sa aspră îi înfierbânta pielea lui Kate. Când ea tremură uşor, Ryan ridică brusc privirea şi observă că pupilele i se dilataseră, iar buzele i se desfăcuseră, invitându-l să le guste.

Ryan deja decisese sa nu-i refuze nimic. Cum nu intenţiona să-şi refuze nici lui nimic, se aplecă, îşi linse buzele cu nervozitate, iar apoi le atinse de ale ei. Îi prinse respiraţia uşoară cu gura, şi-i răspunse cu un mârâit profund.

Ryan îşi trecu buzele peste ale ei de câteva ori. Le gustă, încercând să le înveţe textura şi forma. Numai după aceea, limba îi alunecă în gura ei şi o gustă. O tachină fără milă, limba dansându-i peste a ei încet, împerechiându-se cu a ei într-un ritual sălbatic.

De-acum degetele îi cuprinseseră un sân, iar centrul palmei îi apăsa pe sfârc. Îl mângâie cu încheieturile degetelor, iar apoi îl strânse mai întâi blând între două degete, iar apoi mai tare. Când îi roti sfârcul între degete, Kate inspiră adânc, și-și petrecu brațele pe după gâtul lui, ca să se poată ține în picioare.

Gestul ei îl făcu să se simtă îmbătat de putere. Se simțea aproape invincibil știind că avea nevoie de o ancoră pentru că îi tremurau picioarele. În același timp, îi inhală mirosul și gustul ei îi explodă pe limbă, ceea ce îl aduse aproape de marginea prăpastiei.

Lui Ryan îi plăcea felul inconștient în care Kate îi răspundea. Își lăsa limba să se topească pe a lui și își potrivea mișcările la mișcările lui.

Degetele lui Kate i se prinseră în păr, fără să-i pese dacă-i provoca durerea sau nu. Nici lui Ryan nu-i păsa. El era preocupat să o facă să simtă cât mai multe senzații în același timp. Voia să o facă să-și piardă mințile și trupul în haosul lor.

Ryan brusc s-a tras înapoi și, cu mândrie, îi admiră buzele umflate.

Bărbatul îi rânji obraznic, de parcă ar fi avut planuri pentru mult mai mult. Apoi o trase înspre el din nou. Trupurile li se ciocniră, iar Ryan îi luă gura într-un sărut care-i amorți mintea complet.

Apoi îi mângâie buzele cu limba și își înfipse dinții în buza ei inferioară cu putere. Kate țipă și îl trase de păr.

El numai râse. Era același râs, ușor răgușit, care o făcea să tremure mereu.

Apoi își întoarse atenția la gura ei, unde începu să se ospăteze, încercând să devină una cu ea. Limba lui talentată se jucă cu a ei, mângâind și tachinând, trecând, din când în când, încet peste dinţii şi buzele ei.

Ryan se retrase numai când trupul său urlă că avea nevoie de oxigen, iar el exploda de prea multă dorinţă. Sângele îi vuia în urechi, acoperind chiar şi sunetul valurilor ce venea pe fereastra pe care Kate o lăsase deschisă mai devreme.

-Îmi place la nebunie rochia ta, iubito, spuse el printre dinţii strânşi. Ţi se potriveşte... Dar, hai să ne descotorosim de ea, da? Trebuie să te ating peste tot, Ryan îi şopti cu fervoare.

Răbdarea lui era în zdrenţe şi atârna numai de un fir.

Kate era atât de ameţită că nu înţelegea ce-i spunea. Îl privi confuză şi privirea ei îl făcu să râdă din nou, foarte mulţumit de sine însuşi.

-Rochia, iubito. Hai să o scoatem de pe tine, Ryan repetă mai tare.

Pentru a o face să se mişte, se gândi să conducă prin exemplu. Îşi trase cămaşa peste cap şi o aruncă la întâmplare undeva în cameră.

Când îl văzu că-şi scoate hainele, Kate înţelese în sfârşit ce dorea şi îşi împinse bretelele rochiei de vară jos de pe umeri. Lăsă rochia să-i cadă la picioare, iar textura bumbacului alunecând peste trupul ei febril îi răcori pielea.

Femeia avea mare nevoie de acel moment de respiro pentru a ieşi din lumea înceţoşată în care Ryan o împinsese cu buzele şi degetele lui.

Kate rămase în picioare în faţa lui, îmbrăcată în chiloţei şi sutien. Când remarcă privirea flămândă din ochii lui şi felul în care ochii îi treceau peste corp cu foarte mare atenţie, se înroşi violent. Ryan părea să memoreze absolut totul.

Bărbatul observă imediat roşeaţa care i se întinsese pe obraji şi pe gât, şi-i zâmbi strălucitor. Îşi scoase pantofii şi îi spuse:

-Puţine femei mai ştiu cum să roşească după pubertate. Îmi place să te văd roşind, Kate.

Ar fi vrut să-i replice ceva amuzant, dar, surprinzător, nu era nici urmă de gând în mintea ei, aşa că dădu din umeri. Oricum niciodată nu fusese bună la conversaţii cu tente sexuale. Îşi dăduse seama că-i lipsea abilitatea de a cocheta din bagajul ei genetic înainte ca adolescenţa ei să se încheie şi acceptase lipsa acelui talent fără să se plângă.

-Ţi-ar place să dau jos şi restul hainelor, nu-i aşa? Ryan întrebă pe un ton obraznic.

Deja îşi aruncase pantofii din picioare şi-si coborâse fermoarul la jeanşi. Ochii îi erau fixaţi pe Kate, când îşi scoase pantalonii şi chiloţii în acelaşi timp. Ochii mari ai lui Kate se holbau la el, iar reacţia ei provocă un alt surâs satisfăcut pe buzele lui Ryan. Toate răspunsurile ei îl flatau şi-l făceau mai încrezător în talentele sale.

După câteva secunde, Kate îşi scutură capul, iar apoi încercă să-şi desfacă sutientul, dar Ryan o opri.

-Nu, iubire, lasă-mă pe mine. Mi-ar place să te dezgolesc eu însumi. Eşti darul meu acum.

Cu reticenţă, braţele îi căzură în lături, iar el îşi petrecu mâinile în jurul ei, ochii lui păstrând contactul cu ai ei. Îi desfăcu sutienul şi îi trase bretelele jos, eliberându-i sânii. Aruncând sutienul pe podea cu nepăsare, Ryan îi cuprinse ambii sâni în palme şi îi masă uşor, mârâind posesiv din nou. Acel mârâit şi atingerile lui fură de ajuns să-i facă sângele să fiarbă din nou.

Când palmele lui o cuprinseseră, Kate s-a clătinat și s-a prins de brațele lui pentru a-și păstra echilibrul. Unghiile ei îi săpară în piele, dar nu-i păsa dacă îi provoca durere.

El își coborî capul și îi ridică sânul stâng la gura sa. Limba îi linse sânul pe laterală, gustând pielea sărată, iar el îi respiră miazma. În același timp, își lăsă degetele să alunece pe sânul ei drept și se bucură când o simți tremurând sub atingerea lui. Când degetele îi atinseră sfârcul întărit, gura i se închise simultan pe celălalt. Limba i se învârti în jurul lui și îl întări și mai mult, iar apoi îl trase complet în gură și-l supse.

Kate strigă. Prea multe senzații îi străbăteau corpul, iar cele mai multe erau extrem de intense. Tensiunea îi întindea fiecare fibră a corpului. Simțul ei de conservare îi dicta să se retragă, dar el își petrecu brațul pe după spatele ei și o ținu în loc.

Ryan nu-i lăsă deloc spațiu să se miște, și în tot acel timp, flamând, continuă să se ospăteze cu sânii ei. Îi linse sfârcul, modelându-l cu limba, iar apoi, brusc, i-l mușcă. Kate expiră tremurând. Ryan îi supse sfârcul până ce simți că tensiunea îi explodă în corp și ea se dizolvă într-un ocean de senzații. Ryan nu se opri până ce Kate nu începu să tremure puternic și să scâncească în brațele lui.

Își aruncă ochii spe chipul ei. Ochii îi erau închiși, iar buzele, care purtau marca propriilor ei dinți, erau deschise într-un strigăt mut. Văzând-o astfel, îi luă gura cu a lui și, urmând exemplul ei, îi mușcă buza de jos, făcând-o să strige din nou.

Kate se clătină spre el fără să vadă nimic în fața ochilor. Avea nevoie de susținere și-și odihni capul pe umărul lui în abandon total.

Ryan îi împinse capul în sus cu degetul său mare și, spre surpriza ei, îi mușcă din nou buza de jos cu malițiozitate. Gestul lui o făcu să se agațe de umerii lui cu degete tremurânde.

Simțindu-i tremurul, se opri și îi alină buza înroșită și torturată cu atingeri blânde și umede, înainte de a i-o suge în gura lui. Din nou mârâi când textura, gustul și mirosul ei îl copleșiră. Nu se opri ci continuă să-i sugă buza plină – tânjise să facă asta din momentul în care îi văzuse poza.

Nimic altceva nu mai exista pentru el. Ryan nu mai percepea murmurul mării sau mirosul de sare ce persista în aer. El o respira și simțea numai pe Kate și nimic altceva nu mai conta.

După o vreme care păru o mică eternitate, buzele lui îi părăsiră gura, mângâindu-i maxilarul, trasând forma obrazului ei, pentru a ajunge să-i sărute fiecare pleoapă.

Atingerile lui ușoare ca pana coborâră apoi pe partea cealaltă a feței lui Kate. Ryan îi linse marginea urechii, leneș, iar apoi își înfipse dinții în lobul urechii ei cu blândețe. Kate oftă surprinsă și degetele ei i se afundară în umeri, unghiile ei lăsând urme în pe pielea lui.

El continuă să presară mici săruturi pe gâtul ei ici colea, până ce ajunse la punctul unde gâtul i se topea în umăr și acolo supse puternic, alternând cu treceri furișe ale limbii și mușcături, savurând sunetele pasionale care zburau de pe buzele lui Kate.

Kate nu mai avea nici măcar un gând lucid, iar creierul ei știa un singur lucru. Avea nevoie de Ryan și avea nevoie de el chiar în acel moment. Avusese parte de destul preludiu și simțea că va muri dacă el nu începea să facă dragoste cu ea imediat. Kate simţea că arde efectiv. Ardea peste tot.

Ryan îi citi gândurile în ochi. Îi zâmbi şi-şi scutură capul. Dorea ca ea să înţeleagă că el era cel ce controla totul, iar ea trebuie să-i respecte ritmul.

Apoi, se aplecă iar degetele îi alunecară în chiloţii ei. Îi trase jos de-a lungul picioarelor ei foarte încet, iar încheieturile degetelor îi mângîiară fiecare picior de sus până jos.

După ce i-a îndepărtat chiloţii, Ryan îngenunche în faţa ei şi o trase spre el, pentru a-şi îngropa gura în buricul ei, unde îşi lăsă limba să o tachineze în timp ce degetele sale se adânceau în şoldurile ei. Ştia că o marca şi că a doua zi va avea vânătăi.

Gândul că o marca îl făcu şi mai teritorial şi posesiv, ca şi cum unele gene latente de neanderthal se treziseră la viaţă şi îi controlau mintea. Nu putea gândi mai departe de senzaţia că ea îi aparţinea la nivel visceral.

Continuă să-i mângâie corpul cu gura pe drumul său în jos. Pielea moale care i se întindea pe oasele de la şolduri, precum şi mirosul ei, îl fascina.

Simţurile lui Ryan erau trezite complet la viaţă, iar trupul îi urla, gata să atingă punctul culminant. Avea nevoie să se scufunde în ea şi să uite de absolut orice altceva.

Ryan se ridică în picioare şi o sărută scurt, aproape neglijent. Apoi a ridicat-o în braţe şi a pus-o pe pat. A urmat-o şi i-a acoperit corpul cu trupul lui. Încercă să-i mai mângâie interiorul coapselor, dar mâinile îi tremurau prea violent.

Nu mai putea aştepta o singură clipă. Mult mai dur decât ar fi vrut, se afundă în ea, umplând-o şi întinzând-o mai mult decât ar fi crezut ea posibil.

Kate țipă din cauza șocului, iar el mârâi printre dinții încleștați.

-Te-am rănit, iubito? Ryan întrebă după o clipă, chiar dacă trebui să facă un efort enorm să poată vorbi.

Se simțea prea bine fiind înăuntrul lui Kate și nu ar fi putut să se oprească atunci pentru nimic în lume. Trebuia să facă dragoste cu ea.

-Nu, am fost doar surprinsă, Kate îi replică în șoaptă, iar palma ei dreaptă îi mângâie chipul, încurajându-l să continue.

Dar, cu toate că se găsea într-o ceață a plăcerii, Ryan observă lacrimile din ochii ei și se crispă.

-Te-am rănit. Văd că plângi, spuse el cu supărare.

-Oh, nu, nu plâng, Ryan. Am fost doar surprinsă... chiar plăcut surprinsă, de fapt, se grăbi ea să spună, temându-se că o va părăsi excitată. Corpul îi cerea să atingă apogeul.

-Se simte bine, nu-i așa? rânji el atunci.

Ryan se sprijinea pe coate. Îi luă capul în căușul palmelor și o sărută tandru.

-Da, se simte bine, Ryan, dar dacă nu începi să te miști... Kate replică pe o voce amenințătoare, iar apoi își împinse pelvisul spre el.

Ryan râse și se arcui puternic în ea, făcând-o să ofteze din nou. Începu să facă dragoste pasionant cu ea, în același timp copleșindu-i buzele cu săruturi umede și provocatoare.

Pieptul lui se freca de a-l ei de fiecare dată când se împingea în ea și amândoi simțeau șocurile electrizante în terminațiile nervoase. El îi trase piciorul stâng în jurul taliei sale și se împinse și mai tare înăuntrul ei, în același timp mângâindu-i coapsa cu vârful degetelor. Îi plăcea să o simtă tremurând violent în braţele lui.

Excitaţia lui Ryan crescu în intensitate când degetele ei tremurânde îi mângâiară spatele. Ideea de a fi înauntrul ei şi de a fi înconjurat de ea ca o mănuşă foarte strâmtă, îl excita din ce în ce mai mult.

I-ar fi plăcut să o sărute din nou, dar îşi dădu seama că nu mai putea. Gura îi era încleştată pentru că se străduia să reziste mai mult timp.

Mirosul ei îi intoxica simţurile şi ştia că va termina curând. O atinse în punctul focal al feminităţii ei, iar apoi se îngropă în ea şi mai puternic. Ryan îi mângâia trupul cu al lui la fiecare mişcare şi, în sfârşit, tensiunea din trupul ei se dezlănţui, transformându-se într-un val de plăcere puternic.

Kate gemu, iar apoi strigă. Ochii îi erau larg deschişi, fixaţi pe el, plini de uimire. Ceea ce simţea era mult mai mult decât se aşteptase.

Numai atunci, în sfârşit mulţumit că a satisfăcut-o, Ryan îşi dădu şi el drumul. Mârâi, îngropându-şi capul în gâtul ei şi apoi se prăbuşi deasupra ei.

Imediat, se rostogoli pe o parte şi o luă cu el, să nu o zdrobească sub greutatea lui. Atunci simţi umezeala de pe coapsă şi privi în jos alarmat. Şocat, descoperi că uitase ceva esenţial.

-Nu am folosit nimic. La naiba! Bineînţeles că nu am folosit. Nu aveam nimic cu mine, evident. Oh, la naiba! înjură el fără oprire dezgustat cu sine.

Kate se uită fix la el fără să înţeleagă ce se petrecea. Nu ştia ce i se întâmplase. Apoi, realiză adevărul şi îi spuse:

-Iau pilula, aşa că nici o problemă din direcţia aceea. Sunt sănătoasă...

-Şi eu la fel, iubito, nu te îngrijora din cauza asta. Eram îngrijorat din cauza unei sarcini. Nu am vorbit niciodată despre asta şi...

Kate nu-i răspunse. Dădu din umeri, iar apoi îşi puse capul înapoi pe umărul lui. Era prea extenuată ca să mai discute despre orice problemă. Avea nevoie numai de somn.

Ryan se uită la creştetul capului ei nehotărât. Ar fi vrut să clarifice lucrurile cu ea chiar atunci, dar renunţă când văzu că nu era pregătită de conversaţie. Îi sărută părul, o adună în braţele lui, cât de strâns posibil, iar apoi îi spuse:

-Odihneşte-te pentru câteva momente, scumpa mea. Dar mai târziu tot va trebui să discutăm.

Ea nu-i mai răspunse. Adormise deja. Călătoria lungă, anticipaţia de a-l spiona pe Ryan, precum şi şocul de a-l avea în casa ei de vacanţă, dar mai ales cel mai intens act sexual pe care l-a avut vreodată o extenuaseră complet.

Ryan o privi şi efectiv rânji cu satisfacţie masculină. După câteva secunde, însă, se încruntă. Erau prea multe lucruri ce necesitau clarificare şi răspunsuri. Şi cu toate acestea, trebuia să aştepte ca ea să se trezească, aşa că o aşeză mai bine în braţele lui şi îi veghe somnul.

CAPITOLUL 12

Când se trezi, Kate se găsea singură în pat, acoperită până la umeri de un cearceaf mătăsos. Corpul i se simțea straniu și când se uită mai bine văzu urmele lăsate de barba și degetele exigente ale lui Ryan. Îi purta amprentele pe șolduri și o șocă să realizeze că-i permisese unui bărbat să-și lase marca pe ea.

Kate coborî din pat și se strâmbă când mușchii îi protestară puternic. Niciodată înainte nu a fost iubită cu atâta atenție și nimeni nu-i folosise corpul în acel fel. Întregul ei trup se plângea.

Se duse la baie și se privi în oglindă. Părul îi era ciufulit bine de tot, buzele îi erau umflate și învinețite. Toate îi amintiră de gura pricepută a lui Ryan și simți din nou furnicături peste tot.

Privi înapoi spre patul pe care-l împărțise cu Ryan și-și scutură capul. Nu-i venea să creadă. Sărise în pat cu un bărbat doar după câteva minute.

În duș, lăsă apa să-i aline toate durerile. Se tot gândea la Ryan și după-masa ireală pe care a petrecut-o cu el. Kate își imagină că bărbatul deja a plecat, iar tristețea îi umplu inima.

Fusese asigurată că va găsi alimentele de strictă necesitate în frigider și se duse la bucătărie să mănânce ceva. Era tristă, era adevărat, dar, după ce făcuse dragoste într-o manieră atât de viguroasă, era flămândă.

Prezența lui Ryan în bucătărie o consternă. Făcea o omletă și vorbea la telefon în același timp.

-Deci, Adam e la fel, nu mai rău, spuse el, iar apoi, ca şi cum ar fi simţit-o că intrase în bucătărie, privi spre ea.

Kate se opri chiar în prag. Nu avea încredere nici în el, nici în ea însăşi să intre în încăpere.

Ryan îi zâmbi, dar zâmbetul nu-i atinse ochii care străluceau cu detaşare rece. Îşi continuă conversaţia ca şi cum sosirea ei nu conta.

Lui Kate îi displăcu atitudinea lui şi, pentru o clipă, se gândi să meargă înapoi la culcare. Ezită, dar numai câteva secunde. Se răzgândi şi apoi avansă în bucătărie. În fond, se găseau în casa ei de vacanţă şi refuza să-l lase să-i controleze acţiunile şi să ia control asupra casei.

-Ei bine, Nick, voi vedea care e situaţia şi, în funcţie de ce descopăr, s-ar putea să trebuiască să ne mutăm din nou. Te sun eu după aceea, Ryan spuse iar apoi închise.

Puse telefonul înapoi în buzunar cu grijă, iar apoi se întoarse spre maşina de gătit şi întoarse omleta.

-Deci te-ai trezit până la urmă, observă el pe un ton rece, fără să se întoarcă spre ea.

-Da, m-am trezit, răspunse Kate blând.

Nu ştia cum să reacţioneze în faţa acelui nou Ryan. Se obişnuise cu temperamentalul Ryan, iar bărbatul pe care-l avea în faţa ochilor era complet diferit.

-Eram foarte obosită, evident, după zborul acela lung şi apoi aşteptarea la hotel, continuă ea, iar apoi se opri când îşi dădu seama că bătea câmpii.

-Ah, da, aşteptarea la hotel, într-adevăr, replică el maliţios. Ar cam trebui să discutăm şi despre asta acum, nu-i aşa?

Kate ridică din umeri cu indiferenţă, iar apoi se aşeză la masă. Ştia că va ridica subiectul mai devreme sau mai târziu când îl găsise în bucătărie. Nu-i pea surâdea, dar se temea că nu avea nimic de spus în acea privinţă.

-Văd că găteşti, spuse ea doar ca să întrerupă tăcerea. Ai făcut ceva şi pentru mine?

-Bineinţeles că da, Ryan replică. Am început să fac mâncarea când te-am auzit mişcând prin dormitor. Sper că-ţi place omleta spaniolă. Pentru orice altceva va trebui să facem un drum la magazin, glumi el.

-Mă gândeam să o fac mâine. Speram să găsesc destulă mâncare aici pentru seara aceasta, Kate replică, arătând spre frigider. Nu am avut timp să verific, ştii doar, se opri ea uşor jenată când îşi aminti ce îi schimbase intenţiile.

Ryan veni la masă, se aplecă deasupra ei şi o întrebă pe un ton serios:

-Rgreţi ce s-a întâmplat, Kate?

Kate se uită direct în ochii lui. Spre surpriza ei, chiar era îngrijorat. Nu se aşteptase la aşa ceva de la el şi încercă din nou să-i citească mintea, numai pentru a simţi că ceva îi împingea undele cercetătoare deoparte. Văzu când bărbatul se încruntă şi o privi întrebător, dar cu toate acestea nu spuse nimic.

Nu ştia cum de era posibil, dar aparent, o simţea când încerca să arunce o privire la gândurile lui. Nu i se mai întâmplase nimic similar în trecut şi era uimită.

La început, când îşi descoperise darul, fusese înspăimântată. Din fericire, bunica ei era încă în viaţă la vremea aceea şi i-a explicat că darul era moştenit de femeile în familie, una în fiecare generaţie. A sfătuit-o pe Kate să nu spună nimănui despre talentul său special, pentru că oamenii vor încerca să profite de pe urma ei sau o vor considera o anomalie a naturii dacă nu şi mai rău.

Kate a crescut şi a învăţat că oamenilor le venea greu să accepte pe cineva care era atât de diferit. Considerau că cei ca ea reprezentaru o ameninţare pentru ei. Aşa că şi-a păstrat abilităţile secrete, şi nici cea mai bună prietenă a ei, Ellie, nu ştia de ce era capabilă.

Brusc, Kate îşi dădu seama că Ryan nu mai spunea nimic şi îi aruncă o privire. El încă mai aştepta ca ea să-i răspundă, iar ochii lui întrebători o aduseră din nou înapoi în lumea reală.

-Nu, nu am regrete, Ryan. Nici acum şi nici în viitor, pot să ţi-o promit, Kate îi replică. Am vrut să o fac şi mi-a plăcut, după cum ştii foarte bine. Aşa că... ridică ea din umeri.

-Asta-i bine, iubito, pentru că mi-e teamă că nu mă pot opri acum. Te-am gustat şi acum sunt efectiv prins. Indiferent de motivul pentru care eşti aici şi de consecinţele sosirii tale, tot trebuie să te mai gust din nou, spuse el, îndepărtându-i o şuviţă de păr de pe faţă şi trecându-i-o pe după ureche.

-La ce te referi când spui *consecinţele sosirii mele*? Kate întrebă încruntându-se.

-Bine, atunci avem discuţia chiar acum, spuse Ryan dând din cap.

Se ridică şi luă omleta de pe maşina de gătit, o împărţi pe două farfurii şi puse o farfurie şi o furculiţă în faţa ei. Se întoarse la contoar şă aducă roşiile şi castraveţii pe care îi tăiase mai devreme. Puse totul pe o farfurie pe care o aşeză în mijlocul mesei pentru ca să se servească amândoi. Cu un gest larg, o invită să mănânce.

Ryan începu să-şi mănânce omleta, mestecând în tăcere câteva clipe. Apoi o întrebă:

-Cine te-a trimis aici?

Kate se uită la el confuză:

-Ce vrei să spui?

-Nu te juca cu mine, iubito. Cine te-a trimis aici? Ryan repetă pe o voce oţelită, continuând să mănânce şi privind-o intens.

-Nu înţeleg, Kate spuse. Cine să mă trimită, Ryan? Dacă îmi amintesc corect, am venit să-ţi las banii după cum am discutat, explică ea cu o voce perplexă.

Începea să se enerveze din cauza atitudinii lui. Vocea îi era încordată şi un pic mai ridicată decât în mod normal.

-Trebuie că e mai mult de atât, Kate, bărbatul replică, scuturându-şi capul. Nimeni nu face o călătorie atât de lungă, cheltuind atâţia bani, doar că să livreze bani cash cuiva, Ryan argumentă, cu acelaşi calm şi aceeaşi voce rece.

Kate nu-l recunoştea pe acel Ryan. Se aşteptase la furie şi acuzaţii din partea lui, pentru că nu-i spusese că va veni să-l spioneze. Dar nu se aşteptase la acea evaluare rece şi la tonul său uscat. Ambele denotau că deja întorsese spatele la ce se petrecuse între ei mai devreme şi ei nu-i plăcea ideea.

-Ei bine, Kate spuse şi ridică din umeri, am vrut să te văd. Am considerat că am dreptul considerând cât timp am petrecut vorbind cu tine în ultimele luni şi câţi bani mi-ai cerut, argumentă ea. În plus, nu am fost într-o vacanţă de câţiva ani, aşa că am decis să combin lucrurile. Deci, care e problema? se apleacă şi aproape îi strigă în faţă.

-Problema e că nu ştiu dacă pot avea încredere în tine, Ryan replică fără nici un pic de emoţie.

-Asta-i tare de tot, strigă ea, pierzându-şi calmul.

Aruncă furculiţa pe masă şi, brusc, se ridică furioasă. Scaunul îi căzu la podea cu un zgomot răsunător.

-Asta chiar e fantasic din partea ta, Ryan! *Tu* nu poţi avea încredere în mine!

Kate îşi aruncă mâinile în sus şi se duse spre fereastră. Trase aer adânc în piept de câteva ori pentru a se calma.

Ryan nu părea îngrijorat defel. Continua să mănânce, deşi se uita la ea, de parcă era o engimă pe care trebuia să o rezolve şi nimic mai mult.

Kate se întoarse spre el, ochii ei fulgerându-l, iar el înţelese că era furioasă şi aşteptă să vadă ce va face.

-Ce-ar fi să vorbim despre cât de multă încredere am eu în tine? Ce zici? Ha? Ce spui, Ryan?

Kate strigă la el şi, cu paşi furioşi, se întoarse la masă. Era efectiv lividă.

-Te-ai insinuat în viaţa mea. Zi şi noapte, noapte şi zi, ai încercat să-mi apeşi toate butoanele. Apoi îmi ceri o grăamdă de bani aşa că, evident, nu-mi rămâne altceva de făcut să am încredere în tine. Adică cum? Dacă ţi-aş fi cerut eu bani, ai fi avut încredere în mine, Ryan? Ia gândeşte-te. Iar acum, mai ai şi tupeul să vii şi să-mi spui că *tu* nu poţi avea încredere în mine. Aceasta-i doar cireaşa de pe tort! Kate ţipă din nou la el şi lovi cu palma în masă.

Se întoarse la fereastră din nou, şi, din nou, încercă să-şi regleze respiraţia. Întotdeauna o ajutase dacă privea valurile mării sau un râu.

După câteva moment, simţindu-se destul de calmă, se întoarse spre el şi spuse:

-Ştii ce, Ryan? Vreau să dispari chiar acum şi vreau să stai cât mai departe de mine. Să nu mai îndrăzneşti să-mi vorbeşti sau să mă suni. Ai auzit? îşi termină tirada într-un urlet, uitând de decizia pe care o luase de a-şi păstra stăpânirea de sine.

Ryan dădu liniştit din cap că a priceput şi continuă să mănânce de parcă nu s-ar fi întâmplat absolut nimic.

-De ce naiba mai eşti aici? Ţi-am spus să pleci, Kate strigă la el din nou.

Atitudinea sa indiferentă o făcea să-şi piardă cumpătul şi mai mult. Îi venea să-l plesnească peste cap. Şi cu toate acestea bărbatului nu-i păsa defel că era atât de furioasă că era capabilă de orice. El doar continua să mănânce.

Furioasă să vadă indiferenţa lui în faţa furiei ei, se îndreptă spre el şi îl pocni în umăr cu pumnul, cât de tare putu.

Ryan rânji la ea, apoi îi prinse pumnul, i-l deschise şi-i sărută palma. Limba lui se învârti în jurul degetului ei mijlociu şi i-l trase în gură. Începu să i-l sugă şi aceasta o făcu să geamă. În tot acel timp, se uita drept în ochii ei.

-Ce... ce faci? Kate se bâlbâi şi încercă să-şi tragă mâna.

-Îţi sărut mâna, Kate, atâta tot, Ryan replică şi îi sărută palma din nou. Abia după aceea îi permise să se retragă.

-Nu eşti sănătos la cap. E clar acum, ai probleme serioase, Kate trase concluzia iar apoi se îndepărtă de el, temându-se că mintea lui, pe care ea nu putea să o citească, era serios alterată.

Ryan râse fericit, îşi termină mâncarea şi îşi duse farfuria la chiuvetă. Apoi, se întoarse spre ea şi, foarte serios, îi spuse:

-Sunt în toate facultăţile mele mentale, nu-ţi fă griji, iubito. Doar că sunt într-o mare încurcătură şi mi-a fost teamă că nu erai cine spuneai că eşti. Asta-i tot, o asigură el, iar de data aceasta se vedea în ochii lui că era foarte serios.

Kate îl privi cu atenţie, iar apoi întrebă:

-Cine ai crezut că sunt?

-Ei bine, când ai apărut la hotel, am crezut că nu am judecat corect şi că m-ai atras într-o cursă, admise el.

-Dar... dar... ai făcut dragoste cu mine, strigă ea ca şi cum nu putea crede ce auzea.

Kate nu credea că un bărbat care credea că o femeie l-a atras în cursă ar fi făcut dragoste cu acea femeie în mai puţin de o oră.

-Da, am făcut dragoste cu tine. Nu m-aş fi putut opri, Kate. M-am gândit la tine prea multă vreme... şi când ai apărut aici, nu m-am putut abţine, ştii tu, Ryan răspunse cu amărăciune şi râse de el înuşi.

Kate îl privi câteva clipe, iar apoi se duse înapoi la masă. Îşi luă furculiţa şi începu să mănânce, încercând să pretindă că totul era perfect normal. Mâncă în tăcere, tot timpul cu ochii pe el. Ryan de asemenea se uita fix la ea, parcă încercând să determine dacă era într-adevăr corect în evaluarea lui.

-Cred că mai bine îmi spui toată povestea, Ryan, Kate vorbi liniştit acum. Cred că e mai bine dacă ştiu ce se întâmplă.

Ryan nu-i replică deloc câteva momente. Se gândi la cuvintele ei mai întâi, apoi se întoarse și el la masă. Se așeză și aprobă dând din cap.

-Da, cred că ar trebui să-ți spun tot. Dacă nimeni nu te-a trimis aici și ai venit doar ca să mă vezi, atunci chiar trebuie să mă asigur că nu ți se întâmplă nimic. Asta înseamnă că trebuie să știi cum stau lucrurile, iar din acest moment, trebuie să mă asculți și să faci exact ce-ți spun, spuse el cu convingere.

-În visele tale, Ryan, Kate îi replică de sus. Nu iau ordine de la nimeni și...

-Vei lua ordine de la mine, o întrerupse el pe un ton implacabil. Viața ta poate depinde de asta, Kate, și ideea asta trebuie să-ți intre în capul tău ăla tare, mă auzi?

-Și mai multă dramă? îl luă ea în râs ca să-și mascheze teama.

-Dramă spui tu, bărbatul țipă la ea. Fată mică și proastă! Asta nu e nici un fel de dramă. Asta e realitatea, Kate! Dacă trebuie să te leg fedeleș, o voi face, dar mă vei asculta, repetă el și lovi tare cu pumnul în masă.

Ochii i se măriră când îi auzi tonul amenințător. Mâna îi tremură și puse furculița pe farfurie cu un clănțănit puternic.

-Nu înțeleg de ce ai vrea să mă sperii în felul ăsta, Kate replică abia șoptit.

În ciuda faptului că-și pierduse părinții devreme în viață, Kate niciodată nu fusese într-o situație periculoasă. Era o femeie prudentă și mereu evitase oamenii periculoși și un anumit tip de prieteni. Nu iubea aventura doar de dragul aventurii.

-Îmi pare rău, iubito, dar e necesar. Nu aș face-o, dar ești în pericol acum din cauza asocierii cu mine.

Nu mi-am imaginat niciodată că vei fi în pericol, dar evident că nici nu mi-am imaginat că vei veni aici tu însuţi, la naiba. Aşa că, acum, vei face ce ţi se spune, m-ai auzit? răsună vocea lui Ryan când ajunse la ultima frază.

-Nu, nu e clar deloc, Kate răspunse beligerant de data aceasta, şi-şi împinse bărbia în aer. Fie îmi explici ce se întâmplă şi de ce, ori fac ce vreau şi la naiba cu egoul tău de mascul.

-Egoul meu de mascul!!!?? Ryan ţipă uimit, iar apoi o înfăşcă de braţ şi o scutură. Crezi că asta e problema, Kate? Egoul meu?

-Dacă mă bruschezi, nu mă vei face să cooperez, Ryan, îi replică ea la fel de furioasă.

Degetele lui îi săpau în carne şi nici nu prea era încântată de tonul lui.

Ryan se opri din zdruncinatul ei şi făcu un pas în spate. Îşi trecu degetele prin păr exasperat şi îi întoarse spatele, înercând să-şi regăsească calmul. Ştia că nu era momentul potrivit să-şi lase temperamentul să acapareze discuţia.

Nu era mândru de cum se comportase cu ea, în special pentru că ştia că a rănit-o. Cu toate acestea, trebuia să se asigure că Kate înţelegea gravitatea situaţiei.

Din păcate, Ryan niciodată nu avusese prea mult tact şi exact de asta avea nevoie acum, dacă vroia să o păstreze în siguranţă. Ştia că era extrem de încăpăţânată şi nu l-ar fi ascultat dacă începea s-o ameninţe.

Se întoarse spre ea din nou şi spuse:
-Ia loc, Kate. Îţi voi spune absolut tot ce ştiu.

-Şi-mi vei spune şi cum am fost atrasă în jocul tău, pentru că sunt sigură că nu am fost decât un pion, replică ea cu resentiment.

Bărbatul se uită la ea şi nu spuse nimic. După câteva momente, admise:

-Da, ai fost... Într-un fel... La început.

Kate nu ştiu ce să-i răspundă, dar ochii ei aruncară săgeţi otrăvite în direcţia sa şi el putu citi în ei cât de tare a rănit-o. După câteva secunde, Kate luă şi ea loc, în faţa lui, iar apoi aşteptă ca el să continue.

-Cred că trebuie să încep cu începutul ca să înţelegi motivele pentru tot ce am făcut, spuse Ryan, trecându-şi degetele prin păr şi ciufulindu-l.

Kate dădu din cap şi, cu un gest al mâinii, îl invită să continue.

-Cam acum jumătate de an, unul dintre cei mai buni prieteni ai mei, Adam, a dispărut aici în Malaezia. În trecut, noi formam o echipă, o echipă de trei oameni... acceptam misiuni ce păreau imposibile sau misiuni cu care guvernul nu dorea să fie asociat... Ne chemau când aveau nevoie de o echipă de experţi pentru a se ocupa de anumite... lucruri să spunem. Noi trei am fost împreună peste tot pe glob, în misiuni secrete, luptând să intrăm sau să ieşim din complexe sau tabere pe care nimeni nu le putea penetra.

Ochii lui Kate se lărgiră de uimire. Povestirea lui o fascina efectiv.

Un zâmbet fugar apăru pe buzele lui Ryan şi acesta spuse:

-Da, a fost o perioadă plină de adrenalină, iubito, o recunosc, dar în afară de faptul că ne-am dat seama de ce eram capabili şi că, evident, am făcut o grămadă de bani de-a lungul timpului, nu pot spune că a fost o perioadă fericită. În fiecare zi ne jucam vieţile la ruletă şi, undeva aproape de finalul timpului nostru ca echipă, totul a devenit cam confuz... Nu mai credeam în ceea ce făceam... Iar când aşa ceva li se întâmplă oamenilor ca noi, înseamnă că ne-am pierdut concentrarea şi puteam fi ucişi sau prinşi în orice clipă, Ryan spuse cu amărăciune, iar zâmbetul îi deveni trist.

Se opri din povestit pentru câteva momente şi privi pe fereastră. În depărtare, marea strălucea în apus, alintată de lumina roşiatică, amintindu-i de părul lui Kate, iar el se întoarse din nou spre ea. Kate aştepta tăcută, încurajându-l să continue.

El inspiră adânc şi continuă.

-Ei bine, toţi trei ne-am luat banii pe care îi făcusem şi ne-am dus fiecare pe drumul său. Ştiu că Nick a cumpărat o fermă şi creşte cai. Adam a investit ici colea şi şi-a pus bazele unui plan de pensionare generos, iar eu pur şi simplu am investit jumătate din bani, iar restul l-am lăsat în banci... Deja puteam vorbi de câteva milioane. Peste zece ani de operaţiuni speciale ne-a adus un capital serios...

Ryan se opri din nou şi privi în zare pentru a-şi aduna gândurile.

-În fine, aproximativ acum o jumătate de an, tipul care direcţiona misiunile noastre ne-a contactat pentru altă operaţiune. A venit mai întâi la mine... Eram liderul şi strategistul echipei... Oricum, l-am refuzat net... Nu mă înţelege greşit, Kate, îmi place Mark, sau mai bine spus îmi plăcea, dar mi-a ajuns... Mă gândeam să încep o afacere, să-mi găsesc o fată... Ryan spuse şi îi zâmbi. Ştii tu, să încep o familie... Am deja treizeci şi şapte de ani şi nu mai întineresc... Mi-ar plăcea să am copii cât mai pot încă juca fotbal şi alerga de colo colo...

Kate îl privi, verificâdnu-l de sus până jos, iar apoi întrebă:

-Pe bune? Ai trezeci şi şapte de ani?

-De fapt, voi avea treizeci şi şapte luna viitoare pe 24, îi replică el cu un zâmbet mândru pe buze.

Faptul că ea îl considera mai tânăr, îl făcea să se simtă bine.

-Interesant, nu-i arăţi. Credeam că ai în jur de treizeci de ani dar nu peste, Kate spuse analizându-l din nou.

-Mă bucur să o aud, Kate, dar adevărul este că am treizeci şi şapte... Este un fapt de viaţă... Chiar trebuie să fac ceva cu viaţa mea... Am avut cam un an la dispoziţie după ultima misiune şi m-am uitat prin jur dar... Nu ştiu, femeile par să nu fie ce speram... Multe femei încercau să mă agaţe când lucram pentru Mark, iar eu speram să găsesc ceva diferit... Dar, aşa mi-a fost norocul... nici o şansă. Se pare că atrag un anumit gen de femei... Începusem să mă gândesc la matrimonialele pe Internet, deşi nu îmi făceam prea multe speranţe nici cu asta... Oricum, ar trebui să continui cu povestea care ne-a adus pe amândoi aici.

-Da, ar fi bine, Kate răspunse, dând din cap. Cred că am o idee despre ce s-a întâmplat, dar prefer să te aud pe tine spunând ce şi cum, nu să ghicesc.

-După cum am spus, l-am refuzat pe Mark. I-am spus că am terminat cu tipul acela de operaţiuni şi că ar trebui să găsească pe altcineva. Mai apoi, am aflat că i-a contactat şi pe ceilalţi doi prieteni ai mei, Nick şi Adam, iar Nick l-a refuzat şi el... Adam a acceptat misiunea, totuşi, în special pentru că i s-a spus că misiunea era clar numai pentru o persoană. Nu era ca şi cum ar fi trebuit să intre undeva cu forţa sau ceva similar. Trebuia doar să infiltreze un grup şi să-i raporteze lui Mark. Mark i-a spus să nu spună nimic nimănui, nici măcar mie sau lui Nick... Strict secret, ştii tu... Ticălosul nici măcar nu i-a spus lui Adam că noi doi deja îl refuzasem, Ryan practic mârâi şi sări de pe scaun, furios din nou.

S-a îndreptat spre fereastră unde s-a oprit şi, din nou, şi-a trecut degetele prin păr.

Kate aşteptă să se calmeze. Ochii ei îi urmăreau mişcările prin bucătărie. Înţelegea că se simţea neputincios şi, clar, era genul de bărbat căruia îi plăcea să controleze orice situaţie.

Tăcerea se prelungi mai multe minute. Kate îl privi încleştându-şi pumnii. Umerii îi erau încordaţi. Regreta că nu-i putea vedea chipul, în special ochii.

Într-un final, Ryan se întoarse spre ea.

-Pe scurt, Adam a plecat singur şi s-a pomenit într-o situaţie foarte proastă. Cineva l-a trădat, deşi nu suntem foarte siguri că de fapt nu a fost o capcană pentru noi toţi. Când Adam a sunat cerându-ne ajutorul, iar noi am venit, ne aşteptau. Am reuşit să-l scoatem pe Adam, dar a fost rănit rău în timpul luptei... Nu am îndrăznit să contacăm pe nimeni... Am încercat să scot bani de pe unul din cardurile mele de credit şi, în câteva minute, oameni mişunau peste tot căutându-ne... Am încercat să dau de Mark, dar nu am reuşit să vorbesc cu el... După o analiză profundă a situaţiei, am decis împotriva folosirii banilor pe care-i aveam în bănci sau să contactăm pe careva ce avea legături strânse cu unul dintre noi... Cineva clar ne caută... Oricum, nici Nick şi nici eu nu mai avem familie şi evident nu puteam apela nici la fratele lui Adam.

Ryan se opri, ridică mâna să-i indice să rămânnă așezată, iar apoi se duse în camera de zi să verifice barul. Evident, găsi o sticlă de scotch, o înhăță și se întoarse triumfător la Kate.

-Avem ceva de băut. Hai să găsim pahare, spuse el cu o vioiciune falsă.

După ce lăsă sticla pe masă, merse la dulapul de bucătărie să caute pahare.

Kate își dădu seama că juca un rol în acel moment. Ryan voia să-și ascundă nesiguranța și furia, dar nu avea suficient talent actoricesc. Kate de asemenea înțelese că avea nevoie de o supapă pentru furia acumulată.

Ryan aduse paharele la masă și turnă două porții generoase de whiskey.

-Eu nu prea beau, Kate spuse cu blândețe.

El numai ridică din umeri și, punând un pahar în fața ei, spuse:

-Eh, o dată n-o să mori.

-Nu am crezut că aș muri, murmură ea și luă paharul în mână. Pentru ce bem?

Ryan se gândi o clipă, iar apoi replică:

-De ce nu pentru noi începuturi? Doar am avut un nou început azi, nu-i așa? spuse el, făcându-i cu ochiul.

-De ce nu? Kate murmură din nou și sorbi din paharul ei.

Ryan o privi bând, iar apoi luă o gură mare și o înghiți rapid.

-Ahhh... Chestia asta e tare, spuse el și luă sticla să-i verifice eticheta din nou. Bună marcă, spuse el, puse din nou sticla pe masă și luă o altă gură din paharul său, dar cu mai multă grijă.

Kate sorbi cu delicateţe de câteva ori, iar apoi, nemaiavând răbdare, întrebă:

-Poţi continua cu povestea?

-Poveste? Da, ai putea spune poveste, cred. Nu pare real, Ryan o aprobă după ce se gândi la vorbele ei câteva secunde.

-Nu am vrut să spun că... Kate începu să se explice, dar el o întrerupse cu un gest.

-Nu am spus asta, iubito. Pur şi simplu făceam haz de mine însumi... Ştii, după peste zece ani de operaţiuni secrete, cu o rată de reuşită de optzeci şi cinci la sută, m-am pomenit aici, într-un loc ce imită paradisul, dar care s-a dovedit a fi iadul pe pământ pentru noi... Aveam nevoie de ajutor pentru Adam, ajutor medical. Şi ajutor medical bun, de tipul care nu vorbeşte, dar face treabă bună... Ei bine, acel tip de ajutor este scump. Evident, marea parte a banilor cu care am venit eu şi Nick s-a dus într-o săptămână... Trebuia să găsim un loc să ne ascundem, iar după experienţa cu avansul de pe cardul de credit, a trebuit să găsim alt loc... Desigur, nu am îndrăznit să mai scoatem bani de pe cardurile noastre după aceea. Din fericire, mai aveam un card care nu poate fi asociat cu mine... Aveam doar câteva mii pe el şi ştiam că banii nu vor dura... Ryan explică cu gesturi largi şi apoi se opri.

Mai bău un pic de whiskey să câştige curaj. Ştia că partea dificilă abia urma.

-Apropo, acela e cardul pe care l-am folosit să-mi deschid cont pe acel site de matrimoniale, spuse el aruncându-i o privire furişă. Iniţial, ne gândisem să închiriem un iaht cu banii de pe el, dar eram sigur că indivizii ăia stăteau cu ochii pe bărbaţii care închiriau iahturi şi nu aveam cum să agăţăm o femeie şi să-i cerem s-o facă... Nu într-o perioadă scurtă de timp. Aveam nevoie de cineva de încredere, dar încrederea necesită timp să se dezvolte... spuse el ridicând din umeri

Kate ar fi vrut să-l atingă și să-l consoleze, dar Ryan părea foarte cufundat în gândurile sale, așa că nu făcu nici o mișcare. Așteptă ca el să continue.

După ce a mai sorbit puțin din băutura sa, Ryan a continuat:

-Oricum, știam că va trebui să găsim o soluție... Trebuia să găsim o soluție care să nu implice contactarea cuiva care putea fi asociat cu noi... Așa că, ca o glumă la început, evident pe seama mea, prietenii mei au spus că dacă tot mă gândeam să-mi găsesc o femeie pe Internet, de ce nu o fac... Și după ce aș fi găsit o femeie care să-mi placă, să-i cer ajutorul. Au spus că... aș omorî două păsări dintr-o lovitură... Aș obține banii să plecăm de aici, bani pe care evident îi vom returna ulterior, că doar nu suntem lipitori, și, în același timp, eu aș obține fata.

Ryan se ridică și se duse să aprindă lumina. Kate fusese atât de atrasă în povestea lui că nici măcar nu realizase că se întunecase în încăpere. Lumina zilei începea să se disipeze.

Clipi de câteva ori și Ryan izbucni în râs:
-Arăți ca un pui de bufniță când clipești așa.
-Mulțumesc mult pentru comparație, Kate îi replică nu prea încântată să fie asemănată cu o bufniță.
-Îmi plac bufnițele. Sunt drăgălașe, Ryan dădu din umeri, explicându-i de ce a ales acele cuvinte. Și tu ești drăgălașă.
-Deja ai câștigat fata, Ryan, așa că nu e nevoie să mă mai vrăjești, spuse Kate pe un ton sec.

-Crezi că a fost vrăjeală, Kate? Chiar crezi că te-am mințit și am încercat să te vrăjesc ca să faci ce vreau eu? Ryan îi replică pe un ton înfierbântat.

Kate nu-i răspunse și el se supără.

-Știi, dacă aș fi încercat numai să vrăjesc o femeie, nu mi-ar fi luat atâtea luni. Aș fi făcut-o mai curând, replică el într-o voce rea, arătând spre ea.

-Vrei să spui că sunt ușuratică? Întrebă ea pe un ton certăreț.

-Nu, Kate, nu am spus asta. Chiar opusul. Am spus că dacă aș fi vrut numai să-mi fac loc în inima unei femei pentru a obține banii, aș fi ales una ușoară. Nu mi-ar fi trebuit patru luni să-mi adun curajul și să cer nenorociții ăia de bani! Ryan urlă, deși începuse tirada pe un ton foarte calm.

Se apropie de ea și, privind-o drept în ochi, o întrebă:

-Știi cât de dificile au fost lunile astea, Kate? La început, erau momente când nici nu știam dacă Adam va trăi sau nu. A trebuit să facem rații ca să ne-ajungă mâncarea mai mult timp. Și, în plus, mă înnebunea gândul că nu știam dacă pur și simplu misiunea a fost descoperită sau totul era doar o cursă pentru noi toți. Cu toate acestea, sunt convins că era o cursă. Adam spune că a avut impresia că a fost sub supraveghere aproape de la început. Acoperirea lui nu a durat nici douăsprezece ore... Știi, Kate, dacă nu ai fi contat pentru mine, nu m-aș fi obosit defel. Aș fi găsit o altă femeie pe care aș fi putut-o convinge să-mi dea banii mai curând. Nu era doar pentru mine, era și pentru ei, iar eu mereu am fost liderul lor și am o datorie față de ei, înțelegi? Nu era ca și cum aș fi intenționat să nu-ți dau banii înapoi.

Ea dădu din cap, dar nu răspunse.

-Am decis să aștept, să te cunosc mai bine și să te las și pe tine să mă cunoști... Mă rog, cât de mult puteam să te las... M-ai atras din clipa în care ți-am văzut poza pe care ai pus-o pe site... M-am gândit că o femeie care are curajul să pună o astfel de poză pe un site de matrimoniale trebuie că era deșteaptă. Am analizat-o cu atenție, știi... am văzut că era o poză de pașaport. Dar eram convins că arăți trăznet. Dar doream mai mult de atât. Voiam o femeie deșteaptă. Mereu mi-am dorit o femeie cu care să pot vorbi nu numai o păpușică care să arate bine la brațul meu. Femei de genul acela găsesc cu ușurință. Nu am avut niciodată probleme... Așa că, am insistat, nu m-a interesat nimeni altcineva, și chiar dacă prietenii mei mă tot împungeau fie să deschid discuția despre bani, fie să găsesc pe altcineva, nu am renunțat.

-Asta e... interesant, aș spune, Kate replică ezitând.

Ryan își îngustă ochii, ceea ce o făcu să spună în grabă:

-Deci ce se întâmplă acum?

-Nimeni nu te-a urmărit aici, m-am asigurat. Dar, mi-e teamă să te las singură. Dacă cineva a făcut conexiunea între banii pe care i-ai adus și motivul sosirii tale aici, ești în pericol și trebuie să te țin sub supraveghere. Problema este că trebuie să stau și cu prietenii mei în același timp.

-Atunci ai o dilemă interesantă, aș spune, Kate replică.

-Nu, nu cred, Ryan spuse și își scutură capul. Nu pot să te duc acolo unde locuim. Nu e pentru tine, asta e clar. Avem numai o încăpere murdară. Dar îi pot aduce pe prietenii mei aici dacă ești de acord. Ne ascundem câteva zile să vedem dacă vine careva după tine, iar dacă nu, poți închiria un iaht mic fără echipaj... Nu știu... Să zicem că te comporți ca o femeie excentrică care știe câte ceva despre navigație... Putem pleca din Malaezia și să ajungem la Singapore în câteva zile. Sunt numai 197 mile nautice... Cunosc pe careva acolo... Nimeni nu știe despre el, sunt mai mult ca sigur... Știu că poate obține documente pentru prietenii mei și pentru mine să zburăm spre Montreal de exemplu. Deci, ce părere ai?

-Să spunem că sunt de acord cu tot ce ai spus, deși cred că aș putea închiria iahtul, iar voi trei ați putea naviga spre Singapore fără mine, Kate replică.

-Dacă asta vrei, bine atunci. E alegerea ta. Dar, înainte de a pleca, va trebui să mă asigur că te-ai îmbarcat într-un avion spre Montreal. Nu aș accepta să te las aici, indiferent ce spui. Chiar dacă ar trebui să te târăsc la aeroport de păr, aș face-o, Ryan îi spuse cu duritate.

-Da, sunt convinsă că-ți va și merge, replică Kate sec. Ai fi arestat înainte de a pune piciorul în aeroport, Ryan.

Observă că bărbatul dorea să intervină și să mai spună ceva și își ridică mâna să-l oprească.

-Vom vedea, bine? Pe moment, da, sunt de acord cu tine. Ar trebui să-ți aduci prietenii aici. Sunt două dormitoare din câte înțeleg, plus sofaua din camera de zi. Aș putea dormi eu pe sofa, Kate început să aranjeze lucrurile, dar Ryan i-o tăie scurt.

-Nu cred că încăpem amândoi pe sofa, Kate, iar după ce s-a întâmplat în această după-masă, sper că nu-ți imaginezi că te voi lăsa să dormi departe de mine, iubito? Ryan o întrebă, uitându-se fix la ea cu intensitate.

Kate se înroși, dar nu-i răspunse. Ryan îi rânji cu satisfacție, iar apoi continuă.

-Adam ar trebui să ia celălalt dormitor, iar Nick se va descurca foarte bine cu sofaua. A dormit în condiții mai proaste de atât. Tu vei dormi în brațele mele, în dormitorul pe care l-am împărțit în după masa asta, da?

Ea aprobă dând din cap, dar nu spuse nici un cuvânt.

-Îmi place chestia asta la tine, Kate. Pentru o femeie de afaceri, pari să fii cam de modă veche, și chiar îmi place. Să nu te schimbi, iubito, se aplecă el și-i șopti la ureche.

Își trecu degetele peste obtazul ei, iar apoi îi împinse o șuviță rebelă pe după ureche.

Apoi, își aplecă capul și o sărută, blând la început, iar apoi din ce în ce mai intens. Îi deschise buzele și își afundă dinții în buza ei inferioară. Îi mângîie gura cu limba fără grabă și făcu dragoste cu gura ei pentru câteva momente.

După ce se simți satisfăcut, Ryan se retrase și șopti din nou:

-Mi-ar place să te am în patul meu tot timpul, să fac ce vreau, când vreau.

-Ce? strigă ea, iar ochii ei mari îi reflectară șocul. Definește ce înseamă acel *ce vreau*, Ryan.

Bărbatul numai râse și o bătu pe obraz tandru:

-Nu te teme, Kate, nu sunt interesat în chestii perverse, spuse el repede, dar apoi se opri brusc, făcând-o să ridice sprâncenele cu uimire. Bine, nu foarte perverse, ar trebui să spun. Doar un pic...

Kate îl privi mută de uimire și el înțelese că trebuia să fie mult mai clar pentru a-i liniști temerile:

-Niciodată nu o să fac absolut nimic dacă nu accepți, iubito, îți promit.

Kate tot nu spuse nimic, ci continuă să se holbeze la el. Ryan îi puse mâna pe cap și o îndemnă să dea din cap spunând:

-Te aud, Ryan, și nu sunt îngrijorată defel.

Atitudinea lui copilăroasă o asigură pe Kate că vorbea serios și râse:

-Bine, bine, am înțeles.

Ryan o trase în brațe și o ținu strâns:

-Ce zici? Mergem înapoi în pat, iubito?

Kate îl privi, îi atinse buzele cu degetele mai întâi, iar apoi cu gura. Se trase înapoi și-l întrebă:

-Dar nu ar trebui să te îngrijești de prietenii tăi mai întâi?

-Oh, la naiba, am și uitat de ei. Nici măcar nu-mi pot ordona gândurile cu tine atât de aproape... Da, ai dreptate, trebuie să-i sun și să le cer să se mute aici, Ryan spuse și-și scoase telefonul din buzunar pentru a-i suna.

CAPITOLUL 13

-Ne vom opri aici, se întoarse Ryan spre Kate după ce opri maşina. Nick îl va aduce pe Adam aici, Kate. Asta înseamnă că va trebui să te las cu ei câteva minute ca să mă duc să iau restul lucrurilor. Când am închiriat camera, le-am spus că sunt pictor şi nu vreau să provoc suspiciuni lăsând lucrurile acolo. Nici un artist care se respectă nu face aşa ceva, îi explică Ryan.

-Dar nu vei provoca suspiciuni dacă pleci în miezul nopţii? Kate îl întrebă.

Ryan ridică din umeri şi explică:

-Am plătit cu bani cash şi în avans pentru o lună. Mai am încă două săptămâni plătite. Vor presupune că mi-am schimbat locaţia. Deja i-am spus tipului de la care am închiriat camera că nu ştiu cât timp voi sta, dar că vreau să am camera disponibilă o lună întreagă. Nu, Kate, nu-şi va face idei. Şi-a luat banii şi nu părea interesat în mai mult de atât... Desigur, el nu i-a văzut niciodată pe Adam şi Nick, iar eu am avut grijă să-mi parchez maşina cât mai departe de aici. Tipul ăsta de maşină ar atrage atenţia, clar, Ryan replică, iar când văzu că dorea să mai întrebe ceva, îşi ridică mâna să o oprească.

Kate observase că se uita în oglinda retrovizoare şi a văzut ceva, aşa că îşi înghiţi întrebarea.

-Stai aici, spuse Ryan şi coborî din maşină.

Kate se uită după el. Mergea spre doi bărbaţi ce veneau încet pe stradă. Când ajunse în dreptul lor, a schimbat câteva cuvinte cu ei, iar apoi îl sprijini pe bărbatul ce părea nesigur pe picioare. Cu ajutorul celuilalt bărbat, Ryan îşi aduse prietenul rănit la maşină.

-Kate, acesta este Adam şi acesta este Nick, îşi prezentă ei prietenii când ajunseră la maşină. Aceasta este Kate, le spuse bărbaţilor.

Kate le făcu cu mâna şi le zâmbi. Ambii erau înalţi, aproape la fel de înalţi ca şi Ryan, şi amândoi erau bine clădiţi.

Adam, cel care era rănit, era aproape la fel de brunet ca Ryan, dar Nick era şaten. Toţi trei aveau în comun lucirea metalică din ochi. Erau clar acelaşi tip de oameni.

Adam era rănit şi foarte palid, dar Nick a fost cel care i-a atras privirea. Bărbatul era la fel de mare ca un urs. O cicatrice lungă, care ar fi făcut pe oricine să dea înapoi într-o confruntare cu el, îi marca obrazul stâng.

-Deci tu eşti dulcea Kate, Adam spuse cu accent sudist, iar ochii îi sclipiră, în ciuda durerii care îi săpase linii adânci pe chip.

-Ai noroc că eşti rănit că altfel te-aş pune la pământ, Ryan mârâi la el. Treci în maşină şi nu-i mai fă ochi dulci fetei mele, ordonă el scurt.

Kate crezu că Ryan doar glumea, dar încruntarea de pe faţa lui îi arătă că se înşela. Înţelese atunci că Ryan era un bărbat gelos, iar Kate se întrebă cât de înţelept era să aibă o relaţie cu el. Bărbaţii geloşi erau periculoşi, iar ea învăţase să-i ocolească cum mult timp în urmă.

Ryan îl ajută pe Adam să urce în maşină, ignorându-i icnetele. Ştia că Adam s-ar fi simţit prost dacă i-ar fi remarcat slăbiciunea.

-Nick va sta chiar aici lângă portiera şoferului până mă întorc, Ryan îi spuse lui Kate pe un ton autoritar care nu admitea comentarii. Vreau să fii protejată tot timpul şi dacă se-ntâmplă ceva, Nick va porni maşina şi te va lua de aici.

-Ryan..., Kate începu să spună dar Ryan o întrerupse nerăbdător.

-Ştiu, draga mea, dar crede-mă, aşa e cel mai bine, înţelegi? Oricum, mă întorc curând şi să sperăm că totul merge şnur.

Cu acele cuvinte, Ryan se-ntoarse şi dispăru în întuneric, iar ea privi după el cu ochi speriaţi.

-Se va întoarce, Nick îi spuse pe un ton hotărât când îi observă îngrijorarea, sperând să o liniştească. Mereu vine înapoi, adăugă el.

-De unde ştii? Kate îl întrebă.

Explicaţia lui detaşată nu o liniştise defel.

Nick se mulţumi să ridice din umeri şi apoi răspunse:

-Pentru că ştiu.

Kate nu-i mai replică, ci decise să profite de ocazie pentru a afla adevărul. Mai întâi se concentră pe Adam, hotărâtă să-i citească gândurile.

Nu a fost foarte dificil şi nici nu a simţit aceeaşi rezistenţă pe care o întâmpina cu Ryan. Fericită, se auto-felicită în gând şi se concentră să-i afle secretele.

Era gata să se auto-felicite din nou, dându-şi seama că Ryan îi spusese adevărul, când Adam îşi puse mâna la frunte şi începu să bombăne.

Kate se sperie. Adam îi simţise intruziunea şi asta nu era bine deloc. Bărbatul se uită la ea încruntat. Ea încercă să-i zâmbească cât mai plăcut, dar aparent fără succes.

-Ce naiba se întâmplă aici? Adam se răsti la ea, iar izbucnirea lui îi atrase atenţia lui Nick.

-Ce e, Adam? Ce s-a întâmplat? întrebă el.

-Ceva se-ntâmplă aici, frate, crede-mă. Ceva rău. Am simţit ceva, aşa ca nişte tentacule umbând prin mintea mea, iar acum am o durere de cap teribilă. Ea se holba la mine în acel moment, aşa că..., spuse Adam lăsându-l pe Nick să deducă restul.

Ca un făcut, ambii bărbaţi se întoarseră acuzatori spre ea, iar chipurile lor întunecate o făcură să se crispeze.

Kate nu şi-a imaginat niciodată că i se va întâmpla aşa ceva. Mai întâi, a fost incapabilă să-i citească gândurile lui Ryan, iar acum asta. Nu se aşteptase la nici un fel de probleme cu Adam.

-Îmi făcea ceva, Nick, Adam urlă. Nu ştiu ce, dar făcea ceva, spuse el îndreptând un deget acuzator spre Kate.

Nick se apleca peste ea şi Kate se retrase spre uşa maşinii. Atitudinea lui o înspăimânta şi inima începu să-i bată din ce în ce mai repede.

-Ce se întâmplă aici? vocea lui Ryan îi penetră frica şi-i aduse un licăr de speranţă. Nick, de ce o ameninţi pe Kate? Ryan efectiv lătră, iar expresia lui nu promitea nimic bun amicilor săi.

-Îmi făcea ceva, Ryan, Adam repetă cu încăpăţânare. Sunt convins. Nu mi-am pierdut încă minţile. Am văzut-o holbându-se la mine, iar apoi am simţit că ceva îşi făcea loc în mintea mea. Acum am o durere de cap înfiorătoare, Adam explică, supărat şi confuz în acelaşi timp, iar apoi îşi frecă tâmplele să-şi ostoiească durerea.

Ryan se încruntă şi se întoarse spre Kate. Se uită la ea insistent şi aşteptă să spună ceva în apărarea sa. Cuvintele lui Adam nu prea făceau sens, dar Ryan ştia că Adam era un tip cu picioarele pe pământ căruia nu i se năzărea când una când alta.

-Nu am făcut nimic, Ryan, Kate spuse, dar îşi dădu seama că nimeni nu o credea. Vreau să spun că nu am încercat să-l rănesc sau altceva, continuă ea, iar posomăreala de pe chipurile lor se adânci. Lucrurile nu stăteau prea bine pentru ea.

-Atunci ce s-a întâmplat, Kate? Ryan insistă. De ce-l doare capul pe Adam şi de ce consideră că tu eşti cea responsabilă?

-Nu ştiu, Kate spuse gesticulând. Pe bune că nu ştiu, Ryan, repetă ea cu mai multă forţă când Ryan o fulgeră cu privirea.

Reflectă mai bine şi decise să-i spună adevărul.

-Bine, Ryan, o să-ţi spun ceva, dar o să consideri că sunt o ciudatăţenie a naturii, în cel mai bun caz, spuse Kate simţindu-se mizerabil, iar apoi tăcând câteva secunde.

-Aştept, Kate. Vorbeşte acum, lătră el.

Tonul vocii lui o făcu să se strâmbe. Bărbatul era într-adevăr un lider înnăscut.

Kate îşi adună curajul şi spuse, încet, abia audibil:

-Pot citi mintea oamenilor. Nu am putut-o citi pe a ta, ceea ce a fost chiar o surpiză, dar i-o pot citi pe a lui Adam. Dar crede-mă, înainte, nimeni nu m-a simţit când le-am probat mintea şi nimeni, dar nimeni nu a avut dureri de cap după aceea, îţi spun.

Cei trei bărbaţi o priviră în tăcere. Confesiunea ei îi năucise. Nu puteau spune absolut nimic, iar Kate se simţi respinsă.

Apoi, Nick mormăi:

-Mă rog, totul e posibil, băieţi. Vă amintiţi de tipul ăla de lucra pentru CIA? Cel de-a trebuit să-l eliberăm din tabăra aia din America de Sud? Ăla cu ochelarii ăia urâţi?

Adam aprobă dând din cap, iar apoi spuse:

-Mda, totul e posibil.

Ryan rămase scheptic încă câteva secunde. Apoi își aminti că nu demult a simțit și el că ceva îi tatona mintea și se încruntă.

-Și spui că nu mi-ai putut citi gândurile? o întrebă el pe Kate.

Kate își scutură capul. Admise că a încercat de câteva ori, când vorbeau la telefon și când s-au întâlnit față în față, dar că nu a reușit deloc.

-Vrei să spui că poți citi mintea cuiva prin telefon? Adam o privi cu îndoială.

Adam nu se îndoia că existau oameni cu abilități speciale, dar crezuse întotdeauna că exista o limită la ce puteau face. Nu i se părea posibil ca cineva să poată citi mintea cuiva prin telefon.

-În mod normal, da, replică ea și ridică din umeri pentru că era ceva normal pentru ea. De exemplu, unul din tipii de pe site-ul de matrimoniale era ucigaș în serie, iar eu am reușit să-i citesc mintea și l-am predat poliției. Anonim, desigur, că nu am nevoie de toată tevatura, explică ea.

-Asta e interesant, spuse Nick gânditor. Știți ce? le spuse el lui Ryan și Adam. Când ajungem la Singapore, ar trebui să-l sunăm pe Mark. Ea poate asculta apelul să vadă ce informații poate aduna, ce spuneți?

De obicei, chipul lui Ryan părea întunecat, dar acum i se lumină. El dădu din cap absent, iar ochii lui continuau să o fixeze pe Kate cu intensitate.

-Deci nu-mi poți citi gândurile, repetă el.

-Oh, Doamne, ai o obsesie, omule, remarcă Adam dezgustat. Vorbim de lucruri serioase aici, Ryan. Mai poți să te gândești și la altceva în afară de relația ta de amor? întrebă el sarcastic.

-Chestia asta e a naibii de importantă pentru mine, Adam, aşa că nu te băga, Ryan îl repezi şi se întoarse din nou spre ea. Kate!

-Nu, Ryan, nu-ţi pot citi gândurile, replică ea exasperată într-un final. Imaginează-ţi că nu aş fi reacţionat cum am reacţionat când mi-ai zis de bani dacă ţi-aş fi putut citi mintea, continuă ea cu ironie muşcătoare.

Ryan o contemplă încă câteva secunde, apoi dădu din cap satisfăcut de răspuns. Raţionamentul lui Kate era bun, iar el era mulţumit că nu-i ştia gândurile.

Mai rămânea doar o întrebare totuşi. Nu înţelegea de ce nu putea să-i citească lui mintea, dar putea să i-o citească pe a lui Adam, aşa că o întrebă.

Kate dădu din umeri şi replică:

-Nu ştiu de ce, Ryan. E prima dată când mi se întâmplă aşa ceva. Astfel de abilităţi nu vin cu manual de utilizare, doar ştii, termină ea pe o voce sardonică pentru a ascunde adevărul.

Credea că aflase adevărul deja. Nu era capabilă să-i citească mintea din cauza conexiunii sale emoţionale cu el. Dar, cu toate acestea, nu era pregătită să-şi dezvăluie sentimentele încă.

-Bine, atunci, acceptă el, ştiind că nu putea primi un răspuns dacă nu exista nici unul. Urcă în maşină, Nick, şi hai, să mergem, Ryan spuse şi se duse spre spatele maşinii unde aruncă tot ce avea în braţe în portbagaj.

Apoi se întoarse, ezită un moment, cu mâna pe cheia de acceleraţie, iar apoi se întoarse spre Kate şi o întrebă din nou:

-Chiar nu-mi poţi citi gândurile?

-Nu, ţi-am spus că nu pot, strigă ea exasperată.

Îşi aruncă mâinile în aer şi-şi dădu ochii peste cap. Începea să-şi piardă răbdarea cu el şi nu înţelegea de ce insista să pună mereu aceeaşi întrebare.

-Asta-i bine, iubito, chiar foarte bine, spuse Ryan cu un zâmbet larg pe buze, iar apoi se aplecă şi-i sărută buzele.

Comportamentul lui îl făcu pe Adam să râdă şi pe Nick să se posomărească, dar lui Ryan puţin îi păsa de ce credeau sau făceau ei. Porni maşina şi conduse înapoi spre casa lui Kate de pe plajă.

***

-Măi să fie, spuse Adam când văzu casa şi, în special, terasa din spatele casei. Asta-i chiar grozav! Avem piscină şi marea e aproape. Uite aici, plaja e privată, observă el cu entuziasm.

Se întoarse spre Kate, îi făcu cu ochiul şi spuse:
-Ştii să trăieşti cu stil, Kate.

Kate îşi scutură capul, dar îi surâse. Mai apoi, nu se mai putu abţine şi izbucni în râs:
-Nu chiar, Adam. Dar vezi tu, nu mi-am luat vacanţă o vreme îndelungată aşa că ce m-am gândit: de ce nu? Dacă tot m-am decis să merg în Malaezia, de ce să nu am parte de o vacanţă memorabilă? De aceea e casa aşa cum e, îi explică ea.

-Bravo ţie, aprobă Adam şi bătu palma cu ea.
Frecându-şi mâinile, Adam adăugă:
-Şi bravo şi nouă. Sper că nu aveţi nimic contra să rămân aici afară o vreme. Am fost închis în camera aia mică mirositoare săptămâni în şir şi chiar că m-aş bucura de un pic de aer curat.

128

-Nici o problemă, Adam, replică Ryan. Stai cât vrei. Eu trebuie să merg şi să cumpăr ceva mâncare de undeva pentru că ce aveam noi nu ne ajunge, iar toate rezervele lui Kate au fost deja epuizate, le explică el prietenilor săi şi-şi luă cheile de la maşină să plece.

Nick se uită la Kate perplex. Îşi scutură capul, iar apoi se întoarse după Rayan şi-l întrebă:

-Pe bune? Cât de mult a putut Kate mânca?

Ryan izbucni în râs văzând indignarea de pe chipul lui Kate, iar apoi îi replică lui Nick:

-Nu a avut prea multe de la început, Nick, iar eu am ajutat, desigur.

-Ah, atunci se explică, Adam concluzionă cu un rânjet, iar apoi se întinse pe un şezlong, îşi încurcişă braţele pe piept şi respiră profund.

-Doamne, cât mi-a lipsit aerul curat. Chiar e paradisul aici, fraţilor.

Închise ochii şi se aşeză mai bine, intenţionând să asculte murmurul valurilor şi să respire mirosul sărat al mării. În câteva clipe, Adam adormi.

Kate, Nick şi Ryan se uitară la el, iar apoi Ryan o luă pe Kate de mână şi o trase în casă. Nick îi urmă, dar începu să se simtă ca a cincea roată la căruţă când Ryan îşi trecu buzele peste mâna lui Kate.

-Există ceva de băut pe-aici? întrebă Nick, privind în jur pentru a-şi masca nesiguranţa şi jena.

Kate sări în sus când îi auzi vocea. Uitase de prezenţa lui Nick, iar Ryan zâmbi satisfăcut. Ştia că el era cauza lipsei ei de atenţie.

-Este whiskey, Nick. Îţi va arăta Kate unde, nu-i aşa, Kate? se întoarse el spre ea şi îi făcu cu ochiul. E marcă bună, dar tare, aşa că ai grijă. Oricum, o să cumpăr şi nişte bere dacă găsesc, Ryan spuse.

-Poate găseşti şi nişte sucuri? Kate îi ceru. Nu-mi place whiskey-ul sau berea, explică ea.

-Voi vedea ce găsesc, Ryan replică pe drumul său spre uşă, iar apoi plecă, lăsându-i singuri.

Kate rămase în picioare, privind după el gânditoare. Nick îi întrerupse gândurile:

-Deci unde e whiskey-ul ăla, Kate? Cred că şi Adam ar putea bea un pahar, spuse el.

Apoi se gândi mai bine şi adaugă:

-Dacă se trezeşte, evident.

Kate se întoarse spre bucătărie şi aruncă peste umăr:

-Urmează-mă, uriaşule. Vă voi pregăti băuturile la amândoi.

Nick se încruntă în spatele ei. Nu o înţelegea, dar nu avusese prea mult de a face cu acel tip de femeie.

Mereu evitase femeile cumsecade. Considerase că nu se făcea să treacă prin furcile caudine când oricum nu intenţiona să se însoare şi să aibă o familie. Se mulţumea cu un pic de distracţie când şi când. Nu era ca şi cum cariera îi promitea o durată de viaţă îndelungată.

Îşi scutură capul de gânduri şi o urmă pe Kate în bucătărie. Ea scoase două pahare din bufet.

-Sticla e acolo, îi arătă Kate. Aici sunt paharele, Nick. Presupun că mai bine îţi torni singur că ştii cât vrei să bei, cred. Oricum, ştii mai bine decât mine.

Nick luă paharele de la ea şi turnă un pahar pentru Adam şi unul mai plin pentru el. Era cât pe ce să părăsească bucătăria când se întoarse şi-i spuse peste umăr:

-Mulţumesc, Kate. Şi nu-ndrăzni să-mi citeşti mintea, se uită el la ea fix.

Kate se înroşi violent auzindu-i cuvintele. Chiar încerca să-i citească gândurile, iar vorbele lui o făcură să simtă vinovată.

Nick o mai privi câteva secunde cu privirea îngustată, iar apoi ieşi.

Kate decise să nu li se alăture celor doi bărbaţi afară, ci merse în dormitor, făcu un duş şi se băgă în pat.

***

Deja adormise când braţele puternice ale lui Ryan o încercuiră. Capul îi căzu pe pieptul lui. Se simţea bine şi protejată. Mulţumită, oftă şi adormi la loc.

131

CAPITOLUL 14

-Fraților, au trecut deja mai bine de trei zile, le spuse Adam încruntat. Uite, mă simt mult mai bine. Nimeni nu a venit după noi până acum, așa că eu zic că stăm bine. Cred că a venit timpul să plecăm, continuă el. Vreau să plec din țara asta uitată de Dumnezeu, și cât mai repede posibil. Mi-a ajuns.

Se săturase să zacă tot timpul fără nimic de făcut. Avea nevoie de o schimbare, dar, mai ales, avea nevoie să pună piciorul pe cealaltă parte a oceanului. Vroia să meargă acasă.

Nick îi aruncă o privire lui Ryan să vadă ce credea despre izbucnirea bruscă a lui Adam, pentru că el unul era îngrijorat. El înțelegea că după ce a dat ochii cu moartea și după ce a petrecut următoarele săptămâni la pat, Adam se schimbase oarecum. Totul avusese un impact major asupra lui.

Spre neplăcerea lui Nick, Ryan nu dădea semne că și-ar fi dat seama că ceva se întâmpla cu Adam. El părea preocupat să o privească pe Kate înnotând în piscină. Un costum bleu de baie abia o acoperea, iar ochii lui Ryan nu se puteau desprinde de pe trupul ei.

Când Nick remarcă din nou interesul major al lui Ryan, își dădu ochii peste cap supărat și mârâi:

-Haide, frate! Mai revino-ți! Ai avut-o deja patru zile la rând. Nici măcar tu nu poți fi atât de îndrăgostit, remarcă el disprețuitor.

-Despre ce naiba vorbești? Ryan se întoarse spre Nick furios, cu ochii îngustați ca două lame. Nick, Kate nu e aici pe post de divertisment, lătră el la prietenul lui.

Nick fădu un pas în spate şi ridică mâinile să-i arate lui Ryan că nu avusese intenţia să o jignească pe Kate.

-Nu pricepi? Ryan continuă. Ea e femeia potrivită pentru mine şi trebuie să-mi respecţi dorinţa, clar? îşi sublinie el afirmaţia, împungându-l pe Nick în piept cu un deget.

-Cât de tare cad cei puternici, Adam remarcă sotto voce şi-şi scutură capul.

Cu toate acestea, cuvintele lui ajunseră la urechile lui Ryan şi acesta se întoarse iritat spre el :

-Nu-mi pasă ce credeţi voi doi, căposilor, despre mine, Adam. Este treaba mea, nu a voastră, concluzionă el, iar apoi privi spre Kate din nou. Abia aştept să văd ce o să faceţi voi doi când veţi da peste femeia care înseamnă totul pentru voi. Chiar mă întreb ce o să faceţi atunci...

-Chestia asta nu e de mine, Adam îl întrerupse şi îşi scutură capul ca să fie mai sigur că a fost destul de clar. Poţi să uiţi de chestia asta, Ryan. Nu-mi voi pierde niciodată capul după o muiere. Punct. Nu merită stresul.

Nick dădu din cap fiind de acord cu Adam.

-Ea nu e o muiere, idiotule. Asta nici unul dintre voi nu pricepe. Aveţi căpăţâna prea tare, de-aia, replică Ryan.

Se ridică şi îşi flexă pumnii. Adam se încruntă observând atitudinea agresivă a lui Ryan.

-Hei, hei, hei, băieţi, Nick încercă să-i calmeze pe amândoi. Nu s-a întâmplat nimic rău, Ryan. Vorbeam şi noi ca proştii, să ne aflăm în treabă, remarcă el.

Nick se îndreptă spre Ryan şi-i puse o mână pe umăr prieteneşte.

-Hai, Ryan, nu uita că Adam nu este încă sută la sută şi nu ar fi cinstit...

-Lasă-l să vină, se răsti Adam şi se ridică, deşi mişcările lui nu erau atât de fluide ca ale prietenilor săi şi gâfâia de frustrare.

-Pot să-i ţin piept, specifică el şi copie postura lui Ryan.

-Nu, pe bune? Ryan replică şi-l împinse pe Adam, acesta căzând înapoi pe locul lui ca o marionetă. Deci poţi să-mi ţii piept, ha? spuse el dispreţuitor. Vezi, pot să te bat şi cu o mână legată la spate. Nu ai nici o şansă, omule, revino la realitate, îi spuse el lui Adam.

-Hei, hei, hei, nu e momentul să vă luaţi la bătaie. Potoliţi-vă! Nick interveni, poziţionându-se între ei.

-Ce se întâmplă? Kate întrebă alarmată, iar toţi trei se întoarseră spre ea cu priviri vinovate.

Erau şocaţi să o vadă acolo. Fuseseră atât de prinşi în gâlceava lor încât nu o auziseră ieşind din piscină şi apropiându-se de ei.

Kate aşteptă un răspuns din partea lor, dar nimeni nu se oferi să explice. Adam şi Nick priveau oriunde numai spre ea nu, şi nu numai din cauza remuşcării. Nu doreau să agraveze şi mai mult posesivitatea lui Ryan.

Prietenul lor era îndrăgostit până peste urechi şi, chiar dacă şi ei remarcaseră că Kate arăta bine, avea o personalitate plăcută şi era haioasă, nu împărtăşeau atracţia lui şi nu-i puteau înţelege purtarea din ultimele zile.

-Ryan, te-am întrebat ce se întâmplă, repetă ea cu încăpăţânare, privindu-l fix.

Kate simţea virbaţiile şi se temea că bărbaţii se certaseră. Ar fi încercat să citească gândurile lui Adam şi Nick, dar nu dorea să se expună încă o dată.

-Nimic, Kate, nu-ţi fă griji, Ryan replică într-un final şi dădu din mână, alungând discuţia ca neimportantă. Ne prosteam numai... Nu avem nimic mai bun de făcut şi suntem cam neliniştiţi, atâta tot, îi explică el.

Adam privi la ea mai întâi şi apoi la Ryan, iar după aceea îşi scutură capul. Renunţă să mai înţeleagă ce se petrecea între ei doi.

-Las-o baltă, omule, Nick îl avertiză şoptit şi îi atinse umărul. Hai, să vorbim despre plecare, Ryan. Cred că e timpul, dacă nu cumva timpul acela a şi trecut, observă el.

-Oh, asta vă supără, Kate ghici şi chipul i se lumină.

Era încântată că nu aveau alt motiv de animozitate între ei şi nimeni nu încercă să o corecteze.

-Şi eu mă gândeam la plecare, Kate spuse. Sunt cam agitată şi abia aştept să văd a doua parte a planului în mişcare, mărturisi ea şi se uită de la un bărbat la celălalt.

-Ei bine, am făcut nişte cercetări zilele acestea şi am găsit o companie care închiriază iahturi bune la preţuri rezonabile, Ryan începu să explice şi le făcu celorlalţi semn să ia loc. La aproximativ şapte sau opt mii maxim, putem închiria un monohull de vreo patruzeci de picioare, cu trei cabine, două băi şi tot echipamentul necesar. Mai important, cred eu, e că e destul de solid să ne ducă la Singapore, Ryan continuă. Desigur, preţul e numai pentru iaht. Va trebui să plătim separat pentru mâncare şi combustibil, şi înţeleg că ei pot furniza şi asta... Ne va costa un pic mai mult, cam nouă sute pentru combustibil, cel puţin, spuse el gânditor. Nu cred că ar fi o idee bună să le spunem că ne oprim în Singapore, aşa că va trebui să cumpărăm mai mult combustibil şi mai multă mâncare... Mâncarea va fi cam cinci sute, specifică el.

Apoi privi de la unul la altul. Dorea să vadă ce părere aveau de costuri. Adam şi Nick nu mişcară nici un muşchi. Prezentau amândoi chipuri imobile ca de obicei când planificau o misiune.

Ryan nu se aşteptase la nici un fel de opoziţie serioasă din partea lor, şi, într-adevăr, când i-a privit întrebător, ei au aprobat dând uşor din cap.

După ce a obţinut răspunsul lor, Ryan s-a întors spre Kate să vadă ce părere avea şi ea. Ea pur şi simplu dădu din umeri. Nu era ca şi cum avea vreo idee despre ce vorbea.

Obţinând răspunsurile pe care le aştepta, Ryan continuă:

-Deci, trebuie să considerăm un cost total de nouă mii patru sute, maxim, concluzionă el, aşteptând apoi din nou să le vadă reacţiile.

-E bine, cred că merge, spuse Kate gânditoare. Pot pune costul pe cardul meu de credit, nici o problemă. Am de făcut un singur lucru, totuşi, spuse ea. Trebuie să anunţ banca dinainte ca să nu respingă plata. O dată ce banca e avertizată de suma pe care o voi plăti, nu vor fi nici un fel de probleme, Kate îi asigură.

-Îţi vei primi banii înapoi, Kate, nu te teme, Nick îi spuse morocănos. Noi nu luăm banii oamenilor şi fugim cu ei, o asigură el.

Nu părea deloc comfortabil că trebuia să-i folosească banii, iar chipul i se întunecă mai mult.

-Nici măcar nu m-am gândit la asta. Chiar deloc, Kate îi alungă îngrijorarea cu un gest al mâinii.

Spuneam doar că va trebui să anunț banca pentru a nu avea probleme cu plata, atât, nimic mai mult.

-Am înțeles, Nick replică încăpățânat. Am vrut să fiu sigur că înțelegi că-ți vrei primi banii înapoi imediat ce vom ajunge dincolo de ocean.

-Oh, m-am săturat de discuția asta cu banii, sincer. De ce trebuie banii să fie mereu subiectul de discuție? Kate se răsti. Nu am putea vorbi despre ceva mai important? De exemplu cum planificăm chestia asta? Sunt sigură că rezervare bărcii pe Internet nu e tot ce trebuie făcut, sublinie ea.

Nick se uită urât la ea, dar abandonă subiectul și se întoarse spre Ryan, așteptând să vadă ce altceva avea de spus. El era cel care se ocupa de strategie în grupul lor și mereu se bazaseră pe ideile lui.

-În primul rând, Kate trebuie să învețe câteva lucruri despre iahting, spuse Ryan aruncându-i o privire. Trebuie, Kate. Vei merge să semnezi hârtiile pentru închirierea iahtului și va trebui și să-l verifici. Noi trei trebuie să facem tot posibilul să nu fim văzuți, spuse Ryan.

Adam și Nick aprobară dând din cap. Știau că nu trebuie să fie vizibili. Planul putea reuși numai dacă nimeni nu afla unde se găseau.

Kate aprobă de asemenea, deși nu era prea sigură că putea învăța tot ce era de știut despre iahting într-un timp atât de scurt, chiar dacă numai teoretic. Apoi așteptară ca Ryan să continue.

-Kate, cred că ar trebui să le spui că vrei să-i faci o surpriză prietenului tău și să-i oferi o croazieră de ziua lui, se adresă el lui Kate direct și-i luă mâna. Desigur, le vei spune că ai cunoștințele și practica de bază în manevrarea iahtului, dar nu uita să adaugi că de fapt prietenul tău se va ocupa de navigarea efectivă... Cred că asta ar ajuta. Nu vor fi prea suspicioşi dacă de exemplu nu poţi să răspunzi la unele din întrebări sau dacă îşi dau seama că eşti novice. Nici unul dintre noi nu poate cere mai mult de la tine, Kate, spuse el şi privi spre prietenii săi care îl aprobară.

Kate dădu din cap că a înţeles, iar apoi se uită şi la celilaţi doi bărbaţi. Ei ridicară degetele mari să-i arate că aveau încredere că va fi capabilă să-şi joace rolul.

Ryan continuă:

-Cum avem nevoie de trei cabine, ar fi o idee bună să le spui, aşa ca fapt divers, că ai invitat încă două cupluri să vă însoţească pentru şapte zile de distracţie... Nu ştiu, ridică el din umeri. Doar dă şi tu din gură, aşa cum fac femeile în mod normal. Încearcă să-i faci să creadă că nu ai nici măcar o grijă pe lumea asta şi că te gândeşti numai la a petrece câteva zile cu prietenii tăi... Crezi că poţi? o întrebă el.

-Da, de ce nu? De obicei învăţ repede aşa că nu cred că mă voi da de gol aşa uşor. Nici nu vor ghici măcar că nu am nici o experienţă la iahting sau cum îi spune. Am fost pe o barcă în trecut, dar nu am manevrat eu vasul, evident...

Kate mai pritoci cuvintele lui Ryan câteva momente, iar apoi spuse, muşcându-şi buza de jos:

-Chestia cu datul din gură nu e o problemă. Voi imita felul de a vorbi al lui Ellie. Fata aia nu e capabilă să păstreze un secret nici dacă i-ar depinde viaţa de el. Toată lumea ştie ce se petrece în viaţa ei şi ce gândeşte, explică ea.

-Ellie? Adam o întrebă.

-Ah, prietena mea cea mai bună, răspunse Kate amintindu-şi că nu o cunoşteau pe Ellie.

-Oameni buni, trebuie să ne concentrăm aici, Ryan ordonă, bătând cu palma în masă. Puteți bârfi mai târziu.

Kate și Adam se încruntară auzindu-l, dar lui nu-i păsă.

-Bun. Atunci, hai, înăuntru, Kate, să faci rezervarea online. Cel puțin scăpăm de o grijă, iar apoi mai vedem noi, da? spuse el și privi la fiecare să vadă dacă erau de acord.

Toți îl aprobară, așa că, satisfăcut, continuă:

-Am făcut calculele și dacă navigăm la cinci noduri, nu mai mult, chiar dacă ne oprim complet de două ori ca să ne odihnim, nu ar trebui să ne ia mai mult de trei zile să spunem, ca să fiu generos cu timpul... Și, Kate, din nou, nu e o barcă, e un iaht. Să nu le spui tipilor de la biroul de închiriere așa ceva.

Kate dădu din cap că a înțeles, deși nu-i prea făcea plăcere să fie corectată. Barcă, iaht, același lucru, pentru ea. După aceea, intră în casă.

Ryan nu o urmă imediat, ci rămase așezat pentru a se putea delecta admirându-i fundul pentru câteva momente.

-Hei, trebuie să-ți revi la normal, băiete. Deja este mai mult decât jenant. Am priceput deja. Ești nebun după ea. Dar hai să mergem! O să ai destul timp pentru ea mai încolo, Nick bombăni. Nu e ca și cum nu ai văzut un fund de femeie până acum sau că acum ar fi ultima oară când l-ai vedea, sublinie el.

Ryan se încruntă la el dar nu-i răspunse. Nu dorea să pună lemne pe foc și să înceapă o nouă discuție. Mai mult decât atât, se simțea lovit în egoul sau masculin și se întrebă dacă chiar apărea așa de lovit cu leuca.

O urmă pe Kate în casă. Când ajunse în dormitor, ea era deja în duş, iar apa curgea. După câteva secunde de reflectare, îşi scoase hainele nerăbdător şi deschise uşa de la stalul de duş.

-Ai ceva împotrivă dacă vin şi eu înăuntru? întrebă el politicos.

Oricum intenţiona să intre în duş cu ea, dar s-a gândit că ar trebui să întrebe cel puţin.

Kate îşi şterse apa de pe faţă, se uită la el şi zâmbi.

-De ce nu? Chiar m-aş bucura, îi replică ea şi Ryan îi rânji.

Intră în stalul de duş cu ea şi închise uşa după el. O smuci spre el cu putere. Kate deja învăţase că aşa îi plăcea lui, dar nici ei nu-i displăcea.

Ryan o sărută zdravăn, ospătându-se cu gura ei de parcă ar fi flămânzit o vreme îndelungată. Îşi petrecu mâinile pe toată lungimea spatelui ei, incitând focuri ce-i explodau sub piele.

***

-Bine, cred că am învăţat tot ce era de învăţat. Pot răspunde la orice întrebări mi-ar pune şi pot verifica barca cu atenţie, Kate afirmă după ce închise computerul după-masă târziu.

-Nu barcă, iaht, iubito, doar ţi-am mai spus. Bărbaţii sunt foarte sensibili la chestii din astea. Ştii tu, băieţii şi jucăriile lor, Ryan spuse luându-şi ochii de pe laptopul său şi rânjind la ea.

-Eh, nu contează, ridică Kate din umeri. Ştiu chestiile de bază aşa că totul e perfect. Am făcut rezervarea, plata a fost făcută fără probleme, aşa că pot să merg să iau barca... pardon, iahtul, se corectă ea, poimâine dimineaţa devreme. Iar apoi, în sfârşit putem părăsi Malaezia şi să ne-ndreptăm spre pajişti mai înverzite, concluzionă ea.

Adam mârâi cu satisfacţie. În sfârşit, necazurile se vor încheia. Se duse şi-şi luă o bere din frigider să celebreze.

Ryan observă că Adam se mişca mai uşor decât înainte şi fu recunoscător că prietenul lui era în recuperare pentru că situaţia fusese pe muchie de cuţit la un moment dat.

Când Ryan l-a văzut pe Adam lovit nu de un glonte, ci de trei, nu a crezut că Adam va supravieţui, chiar dacă i-ar fi adus cel mai bun ajutor medical pe care-l putea cumpăra.

De fapt, nici Nick şi nici Ryan nu crezuseră că Adam va trăi cu toate rănile acelea, mai ales că au trebuit să locuiască în condiţii mizere în ultimele săptămâni. Amândoi erau convinşi că Adam va muri din cauza unei infecţii chiar dacă rănile nu l-ar fi ucis.

Din fericire, Adam era un ticălos puternic şi încăpăţânat. Probabil că acele două trăsături de bază l-au ajutat să rămână în viaţă.

-Cred că trebuie să te odihneşti, Adam, măcar până ce ajungem pe iaht. Trebuie să-ţi recapeţi puterea şi curând. Numai Dumnezeu ştie cu ce o să ne confruntăm, Ryan urlă după Adam.

Capul lui Adam se ivi de după uşă:

-M-am odihnit destul, mama. Am nevoie de mişcare. Pur şi simplu mă topesc nefăcând nimic toată ziua, spuse el bătându-şi palma de piept.

-Vei avea destul timp să faci absolut tot ce vrei după ce ce te-ai însănătoşit complet, interveni Kate şi Adam se încruntă la ea.

Kate nu se supără defel, ba chiar îi zâmbi dulce. Ştia deja că bărbatul lătra, dar nu muşca, cel puţin nu pe ea.

-Kate, fără supărare, acum. Ne-ai ajutat enorm şi eşti şi foarte dulce... Nu e cazul să te încrunţi la mine, Ryan, că doar ştii că niciodată nu vânez pe teritoriul altui mascul, îl privi el pe Ryan şi-i reproşă cu o voce oţelită.

Adam învăţase deja cum reacţiona Ryan când era vorba de Kate. Ştia că Ryan nu s-ar fi abţinut să nu spună ceva, iar Adam dorea să înnăbuşe orice gâlceavă înainte de a începe.

-Oricum, Kate, scumpa mea, se întoarse el spre ea, ştiu de ce am nevoie şi asta mai bine decât tine.

Ryan se uită furios la el când auzi cum i se adresă lui Kate, dar nu mai comentă. Remarcile prietenilor săi, cum că era complet vrăjit de Kate, încă îl iritau.

Cu toate acestea, Kate simţi ceva şi se întoarse spre el interogativ. Într-o clipă, expresia lui Ryan se schimbă şi nu mai putu citi nimic pe chipul lui.

Ryan nu dorea să mai işte alte discuţii şi îşi propuse să discute subiectul cu Adam direct când erau singuri. Dorea să pună problema la punct o dată pentru totdeauna.

Ştia că Adam nu avea intenţii necurate, dar lui Ryan tot nu-i plăcea să audă un alt bărbat vorbind cu Kate în acel fel. Ea îi aparţinea lui şi nu era dispus să accepte absolut nimic altceva.

CAPITOLUL 15

Kate deja verificase iahtul şi semnase hârtiile, iar acum aştepta pe punte, bând coca-cola şi admirând portul. Pur şi simplu, îşi ieşea din minţi de plictiseală.

Se întrebă când or să apară bărbaţii. Nu-i plăcea să fie singură, iar acesta era un lucru nou, pentru că, în trecut, se bucurase să se regăsească doar cu gândurile ei când şi când. Lucrând direct cu clienţii tot timpul, uneori solitudinea părea o binecuvântare.

Ştia că bărbaţii trebuiau să se asigure că nimeni nu-i aştepta, dar ea era deja acolo de peste trei ore şi se cam săturase.

Deja îşi verificase emailurile şi răspunsese la unele dintre ele. Apoi îşi verificase contul de Facebook şi încercase să se amuze cu câteva video-uri amuzante, dar nimic nu mergea. Era încordată şi îngrijorată din cauza lui Ryan. Trecerea greoaie a timpului era de nesuportat.

Soarele era aproape deasupra capului ei şi ea îi mulţumi în gând celui care se gândise să instaleze copertina pe punte. Cel puţin nu va face insolaţie cât aştepta acolo în soare.

Mişcarea bruscă a punţii sub picioarele ei o făcu să-şi ridice ochii. În sfârşit, Ryan venise la bord cărându-şi geanta de pânză.

Bărbatul îi zâmbi când ochii li se întâlnirăă. Se apropie de ea şi îi atinse obrazul cu tandreţe. Apoi se aplecă deasupra ei şi o sărută de parcă nu ar fi văzut-o de zile în şir, nu numai de câteva ore.

După ce a gustat-o suficient de mult ca să fie cât de cât satisfăcut, Ryan i-a şoptit:

-Totul e în regulă, iubito. Adam mă va urma cam în cinci minute, iar Nick va veni ultimul la bord. Apoi, vom pleca de aici și putem să ne planificăm viitorul. Ce spui?

Kate aprobă dând din cap, iar apoi se gândi să-i plătească cu aceeași monedă. Îl sărută și apoi îi mângâie buzele cu degetele.

-Poate ți-ar place să mi te alături pe punte după ce-ți duci geanta jos. Am ales cea mai mare cabină pentru noi. Oh, și aproape am uitat. Vei găsi bere în răcitorul acela de acolo, Kate îi spuse, zâmbindu-i larg când văzu lumina din ochii lui.

Dacă băieții nu ar fi trebuit să vină la bord curând și nu ar fi planificat să navigheze în mai puțin de o oră, Ryan ar fi dus flirtarea lor puțin mai departe.

Întotdeauna îi răspundea cu pasiune și asta o satisfăcea pe Kate. Nu ar fi fost prea amuzant dacă numai ea l-ar fi dorit.

După ce se bucurase de Ryan, bărbatul cu conversație interesantă, precum și de Ryan cel cu un temperament fierbinte care-l făcea să explodeze la cea mai mică provocare, acum se bucura de el și ca iubit.

Își dorea să fie cu Ryan în viitor pentru că știa că puteau clădi ceva împreună pe baza a ceea ce împărtășeau deja.

Abia aștepta să lase acea poveste sordidă în urma lor și să înceapă o nouă viață, doar ei doi.

Încă mai specula asupra viitorului lor când pași greoi se auziră pe punte din nou. Kate se uită în direcția zgomotului și-l zări pe Adam care îi zâmbi.

Părul îi era foarte ciufulit. Fusese stresat și-și tot trecuse degetele prin păr. I se zăreau liniile săpate de încordare la colțurile gurii. Kate îi zâmbi și îi făcu cu mâna, primindu-l cu entuziasm.

-Dacă vrei, poți merge sub punte să-ți lași lucrurile, arătă ea spre rucsacul pe care îl căra Adam. Apoi poți veni înapoi să bei o bere, continuă ea, zâmbindu-i cu căldură.

-În regulă, boss, replică el, salutând-o cu ironie prietenească.

Zâmbetul ei se lărgi. Primirea ei deja alungase o parte din încordarea lui Adam. Bărbatul o salută din nou și se duse sub punte să-și lase lucrurile.

Vocea entuziastă a lui Ryan vorbind cu Adam ajunse la urechile lui Kate. Îi auzi împungându-se cu camaraderie, așa cum făceau bărbații în astfel de situații, și zâmbi amuzată. Niciodată nu înțelesese acele ritualuri masculine, dar le lua ca atare.

Adam și Ryan tot vorbeau și râdeau sub punte, când Nick urcă la bord. Trupul lui uriaș, asemănător unui urs, o făcea să tresară mereu, în ciuda faptului că remarcase că era cel mai calm și cumsecade dintre cei trei.

Ryan avea un temperament fierbinte și trăgaciul scurt, iar Adam era foarte rapid când era de dat o replică tăioasă.

Nick veni la ea, o bătu cu degetele pe obraz și spuse:

-Bună, plăcintuță. Știi, cred că ar trebui să rămâi sub copertină. Fața ta deja arată roșie ca un homar fiert. Cel puțin soarele ți-a colorat părul perfect. Acum ai și șuvițe roșiatice și multe alte nuanțe...

-Ce naiba crezi că faci? Vocea lui Ryan bubui din spatele lui.

Nick se întoarse, neafectat de vocea lui, și îl fixă pe Ryan cu privirea:

-Știi foarte bine că nu fac nimic, omule. Doar conversație, așa că mai răcorește-te un pic.

Înainte ca Ryan să-i poată răspunde, Nick își luă rucsacul și coborî sub punte, trecând pe lângă Adam care privea de la el spre Ryan și înapoi.

-Știi foarte bine că nu a însemnat nimic chestia aia, Adam încercă să potolească furia livdă de pe chipul lui Ryan. Știi că Nick nu este genul ăla de om, sublinie el, deși presupuse că Ryan ar fi trebuit deja să știe asta.

-Știu, se răsti Ryan. De-asta mi-am pierdut firea. Dacă ai fi fost tu...

-Mda, Adam râse vesel, eu sunt ăla mereu în călduri...

-Ryan, Kate începu cu ezitare. Care e problema? Nu înțeleg ce s-a întâmplat.

Kate nu-și dădea seama ce a provocat supărarea lui Ryan. Știa doar că avusese o discuție plăcută cu Nick și lui Ryan nu-i plăcuse, iar reacția lui o făcea să se simtă incomfortabil.

-Ți-a plăcut să flirtezi cu el, nu-i așa? Ryan o acuză, iar ochii lui aruncau flăcări.

-Ce? reuși ea să îngaime, iar ochii i se lărgiră din cauza uluirii.

-El a flirtat cu tine, iar tu ai flirtat cu el, Ryan o acuză.

-Ți-ai pierdut mințile? Kate îl întrebă pe un ton ce nu lăsa nici o îndoială care îi era părerea. Nick nu a flirtat cu mine. De ce ar face-o? A remarcat numai că soarele mi-a ars pielea. Asta nu înseamnă că a flirtat, Ryan. E doar conversație obișnuită, îi explică ea de parcă Ryan ar fi avut doar jumătate de creier.

-La naiba! Femeia nici măcar nu-și dă seama când un bărbat încearcă să o vrăjească, Ryan își scutură capul cu disperare și-i întoarse spatele furios, punându-şi mâinile pe şolduri şi lăsându-şi capul în jos.

-Nu a făcut-o, Ryan, replică ea înfierbântată. Iar dacă asta crezi tu despre mine, atunci...

-Nu începe cu chestii din astea, Kate, o avertiză el întorcându-se şi îndreptând un deget spre ea. Nici măcar să nu te gândeşti.

-Eşti gelos, înţelese ea brusc. Eşti gelos şi din cauza asta faci o scenă, avansă spre el furioasă ca o pisică.

-Şi dacă sunt? mormăi el pe un ton supărat, care o făcu să se oprească, surprinsă.

-Nu ştiu, îşi aruncă ea mâinile în aer, renunţând să mai discute. La naiba, spuse ea şi întorcându-i spatele, făcu câţiva paşi pe punte.

Nu-i plăcea deloc că Ryan era gelos. Găsea orice tip de posesivitate dezagreabilă şi considera că era periculoasă pe termen lung.

Se întoarse spre el şi copiindu-i postura, cu mâinile pe şolduri şi capul sus, spuse:

-Ei bine, Ryan, de fapt ştiu ce vreau să spun. Nu-mi place posesivitatea ta. Deloc. Nu sunt un obiect. Am dreptul la libertatea de a vorbi cu cine vreau fără a mă teme că vei ataca pe careva dacă aşa îţi vine, îşi stipulă ea clar termenii.

-Kate, nu e aşa şi ştii asta, Ryan încercă să o îmbuneze. Da, consider că îmi aparţii...

-Aparţin! strigă ea. Aparţin, spui tu!

Bărbaţii se crispau de fiecare dată când ridica vocea. Nu o auziseră strigând până atunci, dar părea să aibă plămâni buni.

Adam îi şopti lui Ryan:

-Sunt oameni în jur, frate. Potoleşte-o sau planul nostru s-a terminat înainte de a-l pune în aplicare.

Ryan dădu din cap spre el aproape imperceptibil, apoi se duse spre Kate, ţinînd mâinile sus conciliatoriu:

-Iubito, m-ai înţeles greşit. Ascultă numai, se grăbi el să spună când o văzu scuturându-şi capul. Da, am spus că-mi aparţii, dar asta înseamnă că şi eu îţi aparţin ţie. Ne aparţinem unul altuia, asta am spus. Nu trebuie să-ţi pierzi cumpătul pentru că nu am ştiut să mă exprim mai bine. Sunt bărbat, Kate. Nu ştiu să dau din gură într-o manieră elevată. Şi, uneori, vorbesc fără să gândesc, doar ştii, îi explică el scuzându-se, iar apoi îi mângâie umărul să o liniştească.

Kate îşi îngustă ochii cu suspiciune. Simţea că avea un motiv ulterior, dar, deja se liniştise, aşa că-i răspunse:

-În regulă, Ryan. Să spunem că te cred. Nu e ca şi cum ţi-aş putea citi afurisita de minte, încheie ea iritată şi cu paşi apăsaţi coborî sub punte să petreacă câteva clipe singură.

Pe punte, Ryan rânji cu satisfacţie. Faptul că ea nu-i putea citi gândurile îl mulţumea.

Ceilalţi doi bărbaţi expirară uşuraţi. Cearta se terminase, iar acum puteau să părăsească portul.

-Hai, să bem o bere mai întâi, propuse Nick, iar apoi să plecăm de aici. Abia aştept să ajung la Singapore şi să mă îmbarc pe un avion spre State.

-Canada. Ryan îl corectă.

-Ce naiba? sări Adam care se aplecase deasupra răcitorului să ia o bere.

Ryan îi opri tirada cu un gest.

-Ascultă! Canada e cea mai bună alegere din două motive. În primul rând, trebuie să mă asigur că Kate s-a întors la Montreal unde e în siguranţă. În al doilea rând, cred că Canada e un loc mai bun pentru a aranja o întâlnire cu Mark, fraţilor. Teritoriu neutru, le explică Ryan uitându-se de la unul la altul.

Adam începu să-şi scuture capul pentru a-i arăta că nu era de acord, dar apoi se gândi mai bine şi se opri. După încă o clipă, veni la Ryan şi-l lovi puternic peste umăr:

-Eşti un geniu, omule! Un afurisit de geniu!

Ryan se încruntă la el, gândindu-se să-i dea o replică acidă, dar se răzgândi. Nu-i păsa ce spunea Adam atâta timp cât coopera. Se întoarse spre Nick cu o privire interogativă.

-Evident, sunt de acord, Nick dădu din cap, replicând în vocea sa gravă, ca de obicei. E un plan bun. Oricum, trebuie să avem grijă ca fata să fie în siguranţă. Asta în primul rând. A riscat enorm venind aici orbeşte, doar ştii. Şi nu, Ryan, spuse el ridicând o mână, nu spun asta pentru că mi s-a pus pata pe ea, omule, Nick scutură din cap. Este prietena ta şi asta-i de ajuns pentru mine.

Ryan aprobă dând din cap. Ştia cum stătea treaba cu Nick. Apoi îi ceru lui Adam să-i dea o bere din răcitor.

CAPITOLUL 16

-Bun, în maxim o oră vom ancora în Singapore, Nick îi spuse lui Ryan, privind orizontul şi deschizând o sticlă de bere în acelaşi timp. E bine că ajungem acolo seara. E mai puţin probabil să fim remarcaţi. Ce părere ai? îl întrebă.

-Da, cred că e o sincronizare bună, consimţi Ryan. Adam e mult mai bine acum şi am văzut că a început să exerseze ieri după-masă. Mi-e doar teamă că ar exagera şi i s-ar redeschide una dintre răni, totuşi, Ryan spuse gânditor şi apoi muşcă dintr-un mango zemos.

-Nu mi-aş face griji pentru el, Ryan, Nick scutură din cap. Adam e bine. E conştient de ce poate face şi ce nu. Era foarte grijuliu. L-am urmărit.

-Dacă spui tu, Ryan replică, dar nu păru convins.

-Este Kate bine? Nick îl întrebă. Nu am văzut-o deloc de azi dimineaţă devreme. Au trecut deja câteva ore. Nu părea să aibă rău de mare, dar...

-Este bine, doar un pic obosită, Ryan îi îndepărtă îngrijorarea cu un gest, iar apoi termină de mâncat fructul şi aruncă sâmburele în mare sub ochii dezaprobatori ai lui Nick.

Nick era foarte preocupat de conservarea mediului şi nu lua în derâdere nimic când venea vorba de aruncarea gunoaielor în mare, chiar dacă era vorba de ceva biodegradabil. Cu toate acestea, îşi ţinu gura. Ştia că ar fi riscat o tiradă lungă de la Ryan care nu-i împărtăşea punctul de vedere strict.

-Obosită? Nick preferă să întrebe. Cum aşa? Nu am lăsat-o să facă nimic pe punte de-a lungul întregii călătorii, omule. A petrecut timpul citind sub copertină şi a înnotat cam o oră ieri după-masă când nea-m oprit...

-Ei, există oboseală şi există şi un alt tip de oboseală, Ryan mustăci, nedorind să intre în prea multe detalii.

Nu dorea să discute anumite chestii nici cu prietenii săi cei mai buni.

-Ah, acel tip de obosit, Nick concluzionă, când pricepu adevărul. Pari un pic cam insaţiabil, în opinia mea. V-am auzit cu toată izolarea sonoră de pe iaht, îşi scutură el capul.

-Şi ce-ţi pasă ţie? Ryan se întoarse spre el cu ochii îngustaţi.

-Nu-mi pasă, de ce mi-ar păsa? Spuneam numai. Nu te ştiam aşa. Eşti genul care le iubeşte repede şi pleacă imediat. Nu-mi amintesc să te fi întors la aceeaşi femeie a doua oară, Nick observă, privindu-l pe Ryan cu ochi impenetrabili.

-Ei bine, nu erau Kate, nu-i aşa? Ryan se răsti la el.

-Oh, frate, nu începe cu mine. Mă întrebam numai ce s-a schimbat, atâta tot, Nick îi replică pe un ton conciliatoriu.

-Ce nu pricepi? Că doar nu e fizică cuantică, nu-i aşa? Ea este femeia pentru mine, Ryan aproape scuipă cuvintele, exasperat că trebuia să explice totul.

Crezuse că Nick era cel mai inteligent dintre cei doi prieteni ai săi, dar acum se întrebă dacă nu cumva ar trebui să-şi reconsidere evaluarea.

-Aşa se pare, murmură Nick şi se duse să ajusteze o pânză numai pentru a se îndepărta de el.

Ryan bombăni furios, dar numai pentru urechile lui. Reprezenta o ţintă prea uşoară pentru prietenii său. Îşi pierdea cumpătul constant, ori de câte ori Kate devenea topica de conversaţie cu ei.

Probabil că începeau acele discuţii din cauza reputaţiei sale din trecut privind femeile. Nu puteau înţelege schimbările petrecute în gândirea lui.

Ryan de asemenea ştia că percepea totul ca reproş sau avea sentimentul că ajunsese bătaia lor de joc. Ştia că nu trebuia să fie atât de beligerant. Se temea că atitudinea lui şi gelozia o vor îndepărta pe Kate şi acela era ultimul lucru pe care-l dorea.

-De ce bombăni, iubire? Vocea lui Kate veni din spatele lui.

Ea îi înconjură umerii cu braţele şi îl sărută pe obraz.

Se întoarse spre ea şi o privi serios, pritocind ce ar trebui să-i spună, iar apoi decise să-i spună p parte din adevăr.

-Bombăneam pentru că mă fac de râs tot timpul şi mi-e teamă că mă vei părăsi, mărturisi el involuntar.

Îi veni să-şi dea palme. Dorea să fie onest cu ea, dar onestitatea avea şi ea limite.

-Înţeleg, spuse Kate şi apoi se sprijini de el şi-l îmbrăţişă strâns. Nu te voi părăsi, Ryan. Ştiu că, în principiu, doar gura e de tine, replică ea veselă.

-Ce? strigă el consternat.

Ea se uită la el şi râse:

-Ca acum. Ţipi şi bodogăneşti, şi te încrunţi... dar până la urmă, nu faci mai mult de atât, aşa că nu văd de ce te-aş părăsi. Nu e ca şi cum sunt în pericol când sunt cu tine, nu-i aşa? întrebă ea.

-Corect, Ryan aprobă şi, întorcându-se, o îmbrăţişă, ţinând-o strâns la piept.

-Au! Doare, Ryan. Vreau să am coastele intacte când mă duc să-mi iau o cola din răcitor, iubire, Kate glumi, iar replica ei frivolă îl făcu pe Ryan să se relaxeze şi să râdă, de asemenea.

În sfârşit, îi dădu drumul şi spuse:

-În mai puţin de o oră vom fi în Singapore, Kate. Va trebui să-i suni pe tipii cu iahtul ca să-l returnezi şi trebuie să ne-mbarcăm pe un avion spre Montreal.

-Nu e zbor direct spre Montreal, Ryan, spuse ea înţepată.

-Ştiu asta, deşteapto, replică el cu alicritate. Vroiam să spun că luăm un avion care ne va ajuta să ajungem la legătura spre Montreal mai târziu, îi explică el printre dinţii strânşi.

-Ştiu, Ryan, dar îmi place să te fac să explodezi. Eşti atât de drăgălaş când fumegi, Kate spuse râzând.

-Ţi-am spus că tensiunea mea nu a fost aceeaşi din ziua în care te-am cunoscut, nu-i aşa?

-Da, mi-ai spus, Kate aprobă dând din cap. De nenumărate ori. Dar ce însemnătate are oleacă de tensiune crescută, când ne distrăm atât de bine împreună, hmm? mustăci ea cu un zâmbet timid.

-Corect, răspunse el pe un ton uscat. Doar e teniunea mea, nu a ta. Se pare că tu reacţionezi mai bine decât mine... la absolut tot.

Ea dădu din umeri şi-i zâmbi răutăcios de data aceasta. Apoi se întoarse pe călcâie şi-i aruncă peste umăr:

-Se mai întâmplă, dragule, ce pot să spun?

El o plezni peste fund şi ea sări de-un cot în sus.

-Hei, ce faci? se încruntă ea la el.

-Doar mă prostesc şi eu un pic, Kate. Nu te agita!

Femeia îşi frecă locul unde a plesnit-o şi spuse:

-Data viitoare când te mai prostești, folosește mai puțină forță, Ryan, sau s-ar putea să ți-o plătesc.

-Cum? Ryan întrebă ridicând o sprânceană.

-Ei bine, te pot plesni și eu, replică ea pe un ton sec.

-Kate, Kate, Kate, vocea lui Adam veni din spatele ei. Nu știam că ai o parte perversă, fată, râse el din toată inima.

Kate îi aruncă o privire și se înroși atât de tare încât și vârfurile urechilor o se înroșiră. Încercă să salveze situația și spuse:

-Doar ne prosteam un pic, Adam.

-Hei, fată. Nu e nici o rușine să condimentezi jocul un pic. Nu te-a învățat Ryan asta? Adam întrebă și-i făcu cu ochiul.

Văzând cât de mortificată era, Ryan interveni:

-Las-o baltă, Adam. Nu o mai face să se simtă prost.

Kate își scutură capul și se întoarse să se ducă sub punte, dar Ryan o luă de mână și o întoarse spre el:

-Kate, Adam glumește doar. Și chiar dacă nu ar glumi, ce facem noi doi este treaba noastră și nu ai de ce să te simți jenată de nimic, mă auzi? îi ceru el foarte serios.

Ea dădu din cap că a înțeles, dar tot coborî în cabină. Nu credea că putea să se uite în ochii lui Adam pe moment.

-A trebuit să o faci să plece? Ryan se burzului la Adam.

-Nu asta a fost intenția mea, Adam scutură din cap. Nu am știut că e atât de sensibilă. Voi fi mai atent de acum înainte, Ryan. Pare puțin cam de modă veche, dacă mă întrebi pe mine.

-Da, ştiu că este, şi ăsta e farmecul ei, idiotule, Ryan îi replică pe un ton aspru.

-Care mai e problema acum? Nick întrebă din spatele lui Ryan, iar vocea lui avea o urmă de exasperare. Cu voi doi, mereu este ceva. De parcă ar fi o dramă continuă, la naiba, observă el pe un ton care denota că nu-i plăcea defel.

Se săturase de gâlcevile lor mărunte. Îi era dor de timpurile când aşa ceva nu se întâmpla.

Ryan îl împinse şi se duse după Kate, lăsându-i pe punte să facă ce voiau.

CAPITOLUL 17

-Ne apropiem de Singapore, Ryan. Vino pe punte că avem nevoie de încă o pereche de mâini aici, vocea lui Nick tună de pe punte şi o făcu pe Kate să se strâmbe.

-Trebuie să tune tot timpul aşa? Nu poate vorbi pe un ton normal? îl întrebă ea pe Ryan.

Ryan doar dădu din umeri şi apoi se duse pe punte să-şi ajute amicii cu manevrele necesare intrării în port şi ancorare. După un sfert de oră, strigă jos la ea:

-Suntem aici, Kate. Sună-i pe tipii ăia să returnăm iahtul şi hai să ne mişcăm! Acum!

Vocea ei îi replică la fel de tare:

-Cine te-a făcut general, Ryan? Ar fi prea dificil pentru tine să-ţi exprimi cererile altfel? Te-ar ucide? îşi termină ea tirada cu un urlet să fie sigură că a auzit-o.

-Doamne, ce plămâni are, Adam exclamă, uimit de volumul replicii ei. Oricum, trebuie să mergem şi noi să ne luăm lucrurile de sub punte, aşa că hai să ne mişcăm, generale, îi spuse el lui Ryan şi îl salută în bătaie de joc.

Ryan se încruntă la el dar apoi izbucni în râs:

-E clar diferită, nu-i aşa?

-Asta e sigur, Nick mormăi şi coborî sub punte să-şi ia rucsacul. Chiar trebuie să ne mişcăm, fraţilor. Nu ştim dacă au aflat că am venit aici sau...

-Ştiu, spuse Ryan repede pentru a-l opri pe Nick să-şi înceapă predica.

Îi urmă spre cabine pentru a o ajuta pe Kate cu lucrurile lor.

***

-Am sunat la companie şi un tip va fi aici în cinci minute. Se pare că au un birou aici în port, aşa că totul va fi rezolvat curând.

-Asta-i bine, Kate. Cu cât părăsim acest oraş mai repede, cu atât vom fi mai în siguranţă, doar ştii, Ryan îi replică şi începu să îndese lucruri în geanta lui de pânză.

Kate îl privi şocată câteva clipe iar apoi îl întrebă pe un ton arogant:

-Nu crezi că ar trebui să împachetezi cămăşile alea? Înainte de a le îndesa acolo de parcă nu ar mai exista ziua de mâine?

-Nu, nu cred, îi replică el. Oricum, voi călători timp de douăzeci şi patru de ore, şi voi arăta neîngrijit. Aşa că nu văd rostul să mă stresez să împachetez cu grijă.

Kate ridică din umeri şi-i răspunse:

-Cum vrei. Cel puţin am reuşit să împachetez astea înainte să apari. Pune-le deasupra ca să ai ceva de îmbrăcat. Ceva curat şi doar puţin şifonat.

-Îmi place când te comporţi ca o soţioară, Ryan spuse aruncându-i o privire şi zâmbind.

-Soţioară, Ryan? Pe bune? se răsti ea şi-şi puse mâinile pe şolduri.

-Hai, iubito, nu am spus-o ca o insultă, Ryan încercă să explice. Din contră. Era doar felul meu de-a spune că mi-ar place să fie adevărat.

Kate îngheţă, iar rochia pe care abia o împachetase căzu pe podea neobservată. Nu putea spune nimic, ci doar se holba la el.

Ryan se crispă şi murmură:

-Nici o picătură de romantism, ştiu. La naiba, sunt un idiot, se pocni el peste cap.

Revenindu-şi din şoc, Kate îngenunche lângă el, îi luă mâna şi spuse cu blândeţe:

-Nu trebuie să încerci să fi romantic, Ryan. Prefer să fi tu însuţi, iar ceea ce ai spus a fost... Ei bine, a fost foarte dulce. Doar că nu m-am aşteptat la asta, atâta tot.

-Deci dacă aş fi fost mai deştept şi aş fi spus-o cum trebuia, ai fi spus *da*?

Kate îl privi intens, căutând să citească pe chipul lui adevărul din spatele cuvintelor sale. Acela era un alt moment când regreta că nu-i putea citi gândurile.

Cu toate acestea, ceea ce văzu pe faţa lui o satisfăcu, aşa că dădu din cap aprobator:

-Când vei dori într-adevăr să pui întrebarea, da, voi spune, *da*. Şi nu trebuie să creezi o scenă deosebită sau ceva de genul ăsta, Ryan. Trebuie să fi doar tu însuţi.

-Asta înseamnă că pot să te întreb oricând? Chiar şi acum? întrebă el cu vocea plină de speranţă.

Ea dădu din cap, dar păstră tăcerea, privindu-l cu intensitate.

Ryan îi luă mâna, îi sărută fiecare deget, apoi se uită în ochii ei şi întrebă:

-Mă vei lua de bărbat cât se poate de repede, Kate? Îţi vei petrece viaţa cu mine, îmi vei distruge tensiunea şi mă vei aduce cu picioarele pe pământ ori de câte ori o iau pe arătură?

Ochii ei sclipiră cu lacrimi şi ea dădu din cap. Nu ştia dacă putea vorbi.

-Şi vei avea copii cu mine? Îmbătrânesc, iubito, şi aş vrea să am copii cât mai sunt capabil să mă bucur de anii lor fragezi şi nu am nevoie de un baston sau scaun cu rotile să alerg după ei.

Kate râse, dădu din cap din nou, se aplecă şi, cu tandreţe, îşi frecă buzele de ale lui, uşor. Apoi rămase aşa, păstrând conexiunea între gurile lor, pentru a-l simţi aproape.

Amândoi erau atât de pierduţi unul în altul, încât nici unul nu-i remarcă pe Adam şi Nick în pragul uşii.

Şocul li se citea pe chip şi amândoi îşi scuturară capul să şi-l limpezească. Adam îi trase un cot lui Nick pentru a-i semnala să-l urmeze pe punte şi să-i lase singuri.

CAPITOLUL 18

-Eh, până aici totul a mers bine, Adam remarcă imediat ce au reușit să cumpere biletele cu banii pe care Kate îi adusese în Malaezia pentru ei.

Ceilalți aprobară, ușurați, dând din cap. A doua parte a planului era un succes.

Ryan obținuse pașapoarte de la un contact pe care îl avea în Singapore, iar acum puteau călători fără probleme.

-Când ar trebui să-l sunăm pe Mark? Adam îl întrebă pe Ryan.

Ryan era expertul lor în aranjarea întâlnirilor. Ryan se uită în jur și localiză câteva scaune izolate într-un colț al lounge-ului. Le făcu semn să îl urmeze și toți se așezară pe scaune în jurul lui.

-Cred că o putem face chiar acum, ce părere aveți?

Kate dădu din cap, iar bărbații se uitară la ea mai întâi iar apoi la Ryan și aprobară.

-Folosim speakerul, da, ca să poată Kate să-l audă, Nick spuse. Așa poate ne spune ce și cum. Asta dacă reușim să vorbim cu el, desigur, pentru că nu am reușit să-l contactăm din Malaezia, vă aduceți aminte.

Ryan aprobă și formă numărul direct al lui Mark.

După ce telefonul a sunat de trei ori, Mark răspunse:

-Vorbește-mi!

-Mark, aici e Ryan.

-Unde naiba ai fost, ticălosule? Te-am căutat peste tot, de luni de zile. Şi unde sunt ăia doi prieteni ai tăi, Adam şi Nick?

Vocea lui Mark bubuia din telefon, iar Ryan ajustă volumul rapid pentru că deja câţiva oameni întorseseră capul şi se uitau la ei.

-Suntem aici şi nu e nevoie să urli că te auzim bine. Dar dacă vei continua să mugeşti, oamenii din jur te vor auzi şi ei, Ryan spuse calm.

-Bine, bine, am priceput. M-am liniştit acum. Aţi dispărut complet de luni de zile. Am aşteptat un telefon, ceva, nimic. Ce naiba să fi crezut? Mi s-a spus că acoperirea lui Adam a fost distrusă, le explică Mark de ce era atât de stresat.

-Da, a fost, dar nu a fost cine ştie ce acoperire de la început. Îl aşteptau deja, omule, şi abia a reuşit să scape cu pielea intactă. Când Nick şi cu mine am venit să-l scoatem din ţară, ne-au vânat, iar Adam a fost împuşcat.

-Nu-mi spune că Adam a murit! Ryan, nu vreau să te aud spunând aşa ceva, Mark imploră.

Cei trei bărbaţi se uitară unul la altul şocaţi. Nu le venea să creadă că Mark ar deveni sentimental cu ei. Niciodată nu-l auziseră vorbind astfel. Aparent, chiar simţea ceva pentru ei.

-Nu e mort, dar a fost destul de aproape să dea colţul. Cineva ne vrea morţi, Mark. L-au lăsat în pace şi nu au încercat să-l omoare până ce nu ne-au avut pe toţi acolo, Ryan explică.

-Asta-i ce am crezut şi eu, Mark îi aprobă evaluarea. Ceva a fost ciudat cu operaţiunea aia, de la început. Bărbatul care a făcut planurile a dispărut şi nimeni nu-l poate găsi, nici viu, nici mort. Încă cercetăm totul. În fine, unde ne putem întâlni? Mark întrebă.

-Ei bine, mă gândeam că ar fi o idee bună să aranjăm o întâlnire pe teren neutru, Ryan replică. Cum ar fi... nu ştiu... Canada, propuse el, ca şi cum s-ar fi gândit la locaţie chiar atunci. Ştiu că am putea prinde un zbor spre Montreal sau Toronto curând. Lasa-mă să verific, aşteaptă o clipă.

Puse telefonul pe mut, iar apoi le spuse celorlalţi:

-Mai bine nu ne arătăm toate cărţile. Nu-i spunem că oricum voiam să mergem spre Montreal. Hai, să-l facem să creadă că alegem acum, da?

Amicii lui aprobară dând din cap, dar Kate interveni:

-Mark spune adevărul, Ryan. Nu a fost implicat în această afacere şi chiar este stresat de întreaga situaţie şi de tot ce vi s-a întâmplat aici, spuse ea, gesticulând. Când i-ai spus de Adam, chiar l-a durut. Îi pasă de voi trei, repetă ea, privind de la unul la altul.

-Asta-i nemaipomenit, iubito. Sunt încântat că nu e el inamicul. Dar cineva s-ar putea să-i monitorizeze apelurile şi de aceea nu l-am putut suna din Malaezia. Deci dacă cineva ascultă acest apel acum, nu vrem să le arătăm că suntem de fapt interesaţi să ajungem în Montreal şi nu în Toronto. Îi facem să creadă că am ales Montreal pentru că era mai convenabil. Da? Nu vrem să-i conducem la tine, Kate. Tu nu ai nici o vină în treaba asta, Ryan îi spuse foarte serios.

Kate se încruntă, dar înainte de a putea spune ceva, Adam interveni:

-Nu e rea ideea deloc.

Se uită la prietenii săi, iar ei aprobară trecând peste opinia lui Kate. Atitudinea lor o înnebunea, dar nu era suficient timp să le spună părerea ei.

Ryan scoase telefonul de pe mut și spuse:

- Mark, Nick zice că prima conexiune pe care o avem este pentru Montreal. Te vom întâlni acolo în exact cincizeci și șase de ore de acum încolo. Te sunăm cincisprezece minute înainte de întâlnire să-ți spunem unde. Nu prea cunosc orașele din nord, așa că va trebui să văd la fața locului.

-Bine, Ryan. Să vă întoarceți cu bine. Cu toții, m-ați auzit?

-Clar și răspicat, boss, clar și răspicat, replică el.

Ryan închise telefonul, îl puse în buzunar și le spuse:

-A venit vremea să riscăm. Să vedem ce noroc avem. Cât mai e până la îmbarcare? o întrebă el pe Kate.

-Îmbarcarea ar trebui să înceapă curând. Avem un drum lung până la Istanbul, iar acolo avem o oprire. Cred că vreo două ore și jumătate sau pe-acolo, explică ea.

-Bun, aprobă Adam. Hai, să găsim ceva de mâncare. Urăsc mâncarea din avion, spuse el cu amărăciune.

-Vei iubi la nebunie lounge-ul din Istanbul, îi spuse Kate. Mâncarea e fantastică. Am mâncat atât de mult la venirea în Malaezia, că abia mai puteam să mă mișc, le spuse ea, iar ei rânjiră.

-Bun! Ăla-i pentru mine, zise Adam, iar apoi îi conduse spre Burger King.

Tânjea după un burger suculent cu cartofi prăjiți. Nu avusese așa ceva de multă vreme și abia aștepta să se delecteze.

CAPITOLUL 19

-Cred că ar trebui să închiriem o maşină, spuse Nick, uitându-se după agenţiile de închiriere.

-Nu e necesar, îl contrazise Kate. Mi-am parcat maşina aici în parcarea pe termen lung. Cred că intraţi toţi în ea. Nu e o maşină de fată, ci un SUV mare şi afurisit, continuă ea pe un ton jucăuş, iar bărbaţii izbucniră în râs.

-Am fi supravieţuit chiar şi cu o maşină diferită, Kate, nu-ţi fă griji, îi spuse Ryan, iar apoi îi sărută palma, ceva ce părea să-i placă foarte mult.

Kate îi zâmbi strălucitor şi-i conduse în parcarea unde îşi lăsase maşina înainte de a lua avionul spre Istanbul.

-Ta-da, ăsta e, spuse ea arătându-le un solid Ford Escape, foarte mândră de el.

-Da, merge, spuse Nick. Nu-i rău pentru o fată, o împunse el cu cotul şi râse.

Kate râse şi ea şi deschise uşile şi portbagajul. Ei îşi aruncară lucrurile în portbagaj, iar ea se duse spre portiera şoferului, dar Ryan o opri.

-Poţi să mă numeşti cum vrei tu, iubito. Poţi chiar să spui că sunt un afurisit de şovinist dacă vrei, dar eu conduc. Întotdeauna.

Femeia se încruntă la el, dar apoi se gândi, de ce nu. Era prea obosită să se obosească cu condusul maşinii. Avea GPS aşa că Ryan îi putea găsi casa cu uşurinţă. Aşa că, îi dădu cheile şi se duse pe partea cealaltă.

Atitudinea ei îl uimi pe Ryan. Se aşteptase la o opoziţie vocală din partea ei şi pregătise o întreagă tiradă. Acum se simţea pur şi simplu înşelat.

-Voi doi, în spate, Kate le spuse lui Adam şi Nick cu autoritate. I-am dat lui cheile de la maşină, dar refuz să călătoresc în spate, puse ea piciorul în prag.

Cei doi bărbaţi îi zâmbiră, iar apoi intrară în maşină fără comentarii.

Kate îşi introduse adresa în GPS, iar apoi se întoarse spre cei doi din spate:

-O să staţi cu toţii la mine acasă. Am suficient spaţiu şi vom lua mâncare, Adam, nu-ţi fă griji. Sunt locuri unde găsim mâncare şi la ora asta. Este chiar devreme, spuse ea uitându-se la ceas. Am ajus aici la 5:40 şi ne-a luat doar patruzeci de minute să ieşim din aeroport. Ne mai trebuie cam douăzeci sau treizeci de minute să ajungem la mine acasă, deci va fi în jur de şapte seara. Putem lua mâncare de la Metro, concluzionă ea.

-E o idee bună, iubito, Ryan o aprobă, dar suntem cam obosiţi să ne apucăm de gătit. Ne trebuie ceva gata făcut, să mâcăm şi să mergem direct la culcare. Trebuie să fim în formă mâine dimineaţă.

-Găsim mâncare gata făcută la Metro. Au pui, cârnaţi, salate, pizza, prăjituri, tot ce vrei, îi răspunse Kate exuberant. Poate că ar trebui să ne oprim acolo înainte de a merge acasă, propuse ea. Îţi arăt unde când ne apropiem, da?

Ryan dădu din cap, dar nu părea să mai dea prea multă atenţie la ce spunea ea. Părea preocupat cu ceva şi tot verifica oglinda retrovizoare.

-E ceva în neregulă? Adam îl întrebă.

Ştia cum se comporta Ryan în anumite situaţii aşa că atitudinea lui îi spunea că ceva se întâmpla.

-Cred că avem companie, băieți, spuse Ryan.

Tonul său era calm. Verifică oglinda din nou. Fusese antrenat să-și păstreze mintea clară în situații periculoase.

-De fapt, sunt chiar sigur. Cum naiba ne-au găsit? se minună el, iar vocea sa îi reflectă nu numai uimirea, dar și furia.

-Probabil apelul făcut lui Mark, Nick replică. Dacă au mijloacele pentru recunoaștere facială, nu le-a fost prea greu să dea de noi. Ții minte, Ryan, de-aia i-ai trimis pozele alea lui Kate. Ca să nu-ți poată trasa conexiunea cu ea, îi aminti Nick.

Ochii lui Kate se lărgiră.

-Mereu m-am întrebat de ce ai trimis pozele acelea. Nu puteam vedea nimic. Putea foarte bine să fie un extraterestru în pozele acelea din câte puteam vedea. Am crezut că nu doreai să știu cum arăți.

-Ei bine, a trebuit, draga mea. Acum, toată lumea, aveți grijă. Voi încerca să-i pierd, da? Sunt deja prea aproape și nu vreau să risc nimic, spuse el și apăsă pedala la podea, făcând mașina să sară înainte.

Kate prinse mânerul de deasupra ușii și se ținu de el cu toată puterea. Abia mai putea respira, iar frica o copleșise. Nu fusese niciodată într-o astfel de situație, iar viteza mărită a mașinii o făcea să tremure.

Cu toată viteza crescută, Ryan conducea foarte bine. Chiar și în aglomerația de seară, controla mașina cu ușurință, în timp ce depășea mașină după mașină, trecând de pe o bandă pe alta, făcând să erupă un cor de claxoane în urma lui.

Era el bun, dar mașina care-i urmărea, se apropia din ce în ce mai mult. Ryan știa că trebuia să găsească o cale să iasă de pe autostradă și să găsească străduțe înguste unde ar fi putut să-i piardă.

Brusc, văzu o ieşire de pe autostradă. Cu gândul să folosească acea ieşire, o tăie în faţa altei maşini, ceea ce evident îl făcu pe şofer să claxoneze furios.

Atunci a auzit parbrizul din spate explodând, urmat de înjurăturile vicioase ale prietenilor săi aşezaţi pe locurile din spate. Luă curba spre ieşire şi, în ciuda limitei de viteză, continuă să conducă cât putea de repede pentru a-şi păstra avantajul.

-Este toată lumea bine? a întrebat el, când a considerat că erau cât de cât în siguranţă.

Întoarse capul pentru câteva secunde. Adam şi Nick scuturau bucăţi de sticlă de pe haine. Cu toate acestea, chiar dacă aveau câteva tăieturi superficiale, păreau în regulă, iar Ryan respiră uşurat.

Apoi geamătul lui Kate îi ajunse la urechi şi îi îngheţă sângele în vene. Explozia fusese în spatele maşinii şi de aceea nu-i trecuse prin minte să o cerceteze pe ea.

-Iubito, eşti în regulă? Draga mea? Haide, vorbeşte-mi, spuse el întorcându-se spre ea şi luându-i mâna.

-Uită-te naibii la şosea, zbieră Adam când maşina o luă la dreapta, gata să iasă de pe drum. Am eu grijă de ea.

-Pe naiba ai tu…, începu Ryan să ţipe la el, dar vocea speriată a lui Kate îl întrerupse.

-Fii atent la drum, Ryan. Cred că sunt bine. Glontele numai mi-a zgâriat pielea, dar doare, la naiba, de aceea nu am reuşit să mă abţin să nu gem. Înţelegi? clarifică ea situaţia.

-Eşti sigură că eşti bine, Kate? Ryan întrebă, iar vocea îi tremura.

-Voi fi bine dacă-ţi ţii ochii pe drum, Ryan, strigă ea când, din cauza neatenţiei lui, maşina se îndreptă spre banda opusă.

Din fericire, nu veneau maşini spre ei în acel moment. Ryan învârti volanul şi reveni pe banda corectă. Verifică oglinda retrovizoare şi văzu că cealaltă maşină nu reuşise să prindă ieşirea de pe autostradă ca să-i urmărească, ceea ce era o binecuvântare.

Cu toate acestea, nu era sigur dacă apucaseră sau nu să-i ia numărul de înmatriculare al lui Kate şi asta nu era bine. Aparent, aveau mijloacele să afle cine era şi să vină după ea.

-Kate, nu cred că e o idee bună să mergem la tine acasă astăzi, draga mea, Ryan spuse calm ca să nu o alarmeze de la început.

-De ce nu? se plânse ea. Vreau acasă, Ryan. Vreau să dorm în patul meu în noaptea asta, spuse ea cu încăpăţânare, iar tantrumul ei îl făcu pe Adam să-şi dea ochii peste cap.

Nick numai o privea de parcă ar fi fost un exponat straniu într-un muzeu. Păruse o femeie destul de rezonabilă înainte de acel incident.

-Iubita mea, dacă ţi-au luat numărul de înmatriculare, atunci ştiu unde să te găsească, şi implicit vor ştii unde să ne găsească şi pe noi, Ryan îi explică răbdător, de parcă ar fi vorbit cu un copil.

Considera că avea dureri din cauza rănii şi că trebuia să fie blând cu ea. Pe Ryan îl înnebunea ideea că nu ştia cât de rău era rănită.

Dorea să oprească maşina chiar acolo şi să o examineze, dar, în acelaşi timp, dorea şi să pună cât mai multă distanţă între ei şi urmăritori. De asemenea, încerca să se decidă unde să meargă pentru a nu mai fi urmăriți în continuare.

Kate îl privi câteva secunde de parcă nu ar fi înțeles ce vorbea. Când în sfârșit pricepu, fața i se lumină și spuse:

-Nu, nu au cum. Am cumpărat mașina numai cu o săptămână înainte de a pleca spre Malaezia. Am luat-o de la un tip care s-a întors înapoi în țara natală. Nu am avut timp să schimb înregistrarea. Am doar chitanța. Nimeni nu poate da de mine folosind numărul de pe placă, și nimeni nu poate fi rănit. Tipul ăla și-a luat toată familia cu el, explică ea. Înțeleg că au decis că se vor descurca mai bine la ei acasă cu ce au făcut aici, decât dacă ar fi continuat să trăiască în Montreal.

-Ești sigură, Kate? Pentru că tipii ăstia nu știu ce e mila și chiar nu vreau să te pun în primejdie, Ryan încercă să raționeze cu ea.

-Sunt absolut pozitivă, Ryan. Chiar i-am dus la aeroport când au plecat. Mașina fusese ultimul lucru pe care l-au vândut.

-Vorbeam de plăcuța de înregistrare, Kate, se încruntă Ryan la ea.

-Deci îți pasă numai de noi, nu și de ei, replică ea supărată.

-Nu am spus asta. Te-am întrebat numai dacă ești sigură că nimeni nu poate urmări mașina la casa ta, își pierdu el calmul și mugi la ea.

-Ryan, e rănită, spuse Nick calm. Nu cred că urlatul e cea mai bună tactică în acest moment.

Kate continua să-l privească pe Ryan furioasă. El doar își scutură capul și verifică oglinda din nou.

-Bun, i-am pierdut. Deci mergem la tine acasă, atunci, îi spuse el.

Ea dădu din cap aprobându-l, dar apoi adăugă:

-Evident, trebuie să cumpărăm mâncare mai întâi...

Nu mai apucă să termine pentru că Ryan o săgetă cu o privire şocată şi o întrebă:

-Ţi-ai pierdut minţile?

-Acum ce mai e? întrebă ea consternată.

Mereu era ceva cu Ryan şi nu putea ţine pasul cu schimbările lui de dispoziţie.

-Eşti rănită, femeie. Trebuie să văd cât de rău eşti rănită, iar tu vorbeşti despre mers la cumpărături. Tipic femelă, termină el exasperat.

-Ce? Nu vorbesc despre mers să cumpăr pantofi, Ryan. Vorbesc despre cumpărat mâncare. Este o strictă necesitate în orice casă, îi aminti ea.

-Nici nu se pune problema, se răsti el. Mergem acasă, vedem ce-i cu rana ta, iar apoi decidem.

-Cine a murit şi te-a făcut pe tine şef? întrebă ea furioasă.

Adam tuşi discret, o bătu pe umăr blând, iar apoi îi spuse:

-El este şeful, Kate. Întotdeauna. Dacă spune că mergem acasă la tine mai întâi, atunci asta facem. Ori, dacă pot sugera altceva, spuse el privindu-l pe Ryan sugestiv, fie Nick sau eu sau amândoi, cred, putem merge la acel Metro şi să luăm mâncare şi apoi venim acasă la Kate după aceea. Dacă ne spui unde să mergem, Kate, putem s-o facem. Între timp, tu poţi să o examinezi, Ryan.

Tăcerea domni în maşină câteva clipe. Incapabilă să mai suporte tensiunea, Kate se întoarse spre Ryan şi întrebă dulceag:

-Ei, boss, ce părere ai?

Ryan îşi îngustă ochii şi se uită la ea fix, iar apoi replică:

-Bine, Adam. Kate vă va da indicaţii cum să ajungeţi la acel magazin.

-Nu ar fi mai bine dacă îi ducem la magazin, îi lăsăm acolo şi eu le spun cum să ajungă la mine acasă de acolo? Kate întrebă pe tonul acela mult prea zaharisit, care deja îl călca pe nervi pe Ryan. Deşi, adăugă ea, întorcându-se spre spre Adam, e ceva de mers pe jos de la magazin până acasă la mine. Probabil vă va lua cam cincisprezece minute dacă nu mai bine.

Nick îşi flutură mâna să arate că distanţa nu era importantă pentru ei, iar ea îi zâmbi în ciuda durerii pe care o simţea în braţul stâng. Se simţea de parcă cineva îi tot înfigea un cuţit în braţ şi trebuia să facă eforturi serioase să nu geamă sau să plângă.

Considera că era mai bine ca Ryan să rămână calm, cel puţin până ce ajungeau la ea acasă. Bărbatul părea uşor irascibil, iar ea îşi dorea să ajungă acasă într-o singură bucată.

Îi lăsară pe cei doi bărbaţi la magazin, după ce Kate le dădu cartea ei de debit şi codul personal explicându-le apoi cum să ajungă la ea acasă de acolo.

Apoi, Ryan conduse direct la ea acasă, parcă maşina în garaj pentru a nu fi vizibilă, iar apoi se întoarse spre ea:

-Acum, hai să mergem să vedem cât de rău eşti rănită. Aproape m-a ucis faptul că a trebuit să aştept atât de mult până să pot vedea, mărturisi el.

Kate îi zâmbi, iar de data aceasta, zâmbetul ei era genuin.

Kate coborî din maşină, iar apoi intră în casă printr-o uşă laterală, urmată îndeaproape de Ryan care căra toate bagajele. Îl conduse în bucătărie unde își aruncă geanta pe masă și luă loc cu mișcări țeapăne.

–Poți să fi cât de dur vrei, spuse ea, întinzându-și brațul spre el.

Ryan văzu sânge coagulat peste tot și asta îl sperie. Nu știa locația exactă a rănii, așa că luă un prosop de bucătărie și-l udă, iar apoi se întorase să-i curețe brațul.

-Vrei să folosești șervetul meu alb de ceai, din bumbac, să cureți sângele de pe mine? aproape urlă ea la el. Ești dus cu pluta, Ryan? Știi că nu pot scoate petele de sânge de pe el? Sângele nu iese nici cu înnălbitor, sublinie ea.

-Kate, lucrurile nu sunt decât lucruri. Ăsta nu e decât un prosop. Brațul tău e mult mai important, cred, încercă Ryan să o placheze, vorbind pe cât de calm putea, în acele circumstanțe.

Nu-i merse. Femeia se încruntă la el și se ridică:

-Putem să curățim brațul direct la chiuvetă. Dăm drumul la apă să curgă peste el. Nu e necesar să folosim șervetul meu de ceai, repetă ea și se duse la chiuvetă hotărâtă.

-E un șervet, pentru numele lui Dumnezeu. Îți cumpăr altul, Kate, spuse el venind după ea.

Nu putea să pună laolaltă femeia care cu generozitate folosise atât de mulți bani să-i ajute cu femeia care plângea după un amărât de șervet.

-Nu va fi la fel, Ryan, și știi asta. Mai important, eu știu asta. De ce ar fi o problemă dacă mi-aș curăța brațul direct sub jetul de apă? întrebă ea cu încăpățânare.

-E posibil să te doară mai tare, spuse el, deși nu era prea sigur de ce spunea, dar trebuia să spună ceva în apărarea sa.

-Ha, exclamă ea. Doare acum destul de rău. Nu poate fi mai rău.

Apoi dădu drumul la apă, îi verifică temperatura și își puse brațul sub jet. Brusc strigă când apa intră în contact cu rana.

-Știam că nu vei asculta, Kate. Ești prea încăpățânată pentru a știi ce e bine pentru tine, iubito. Haide, lasă-mă pe mine să te curăț cu grijă, să putem vedea ce e acolo, Ryan îi mângâie obrazul zâmbind, încercând să o convingă să facă ce vroia el.

Ea îl privi cu ochi rebeli pentru câteva clipe, apoi spuse:

-Bine, atunci fă-o tu.

Ryan îi luă brațul blând și începu să i-l spele, curățind sângele temeinic pentru a ajunge la rana propriu-zisă. După ce a îndepărtat tot sângele, văzu că glontele nu a făcut decât să-i zgârie pielea. Nu era rău, dar nici bine nu era, iar inima i se strânse. Știa că o durea rău.

-Vei fi bine, Kate. Curând, o să vezi. Avem nevoie de antibiotic să punem pe rana asta. Am ceva în geantă, spuse el și se duse să scoată antibioticul pulbere pe care-l folosise pe Adam.

Îi pudră rana, iar apoi, îi verifică brațul din nou și gânditor spuse:

-Cred că mai bine o acoperim cu un bandaj, să fim siguri că rămâne curată, da?

Kate își dădu ochii peste cap, dar îi răspunse:

-Dar am nevoie de un duș, Ryan, și încă rău de tot, după atâtea ore petrecute în avioane și aeroporturi...

-Nu te teme, iubito, Ryan o consolă. Te ajut eu cu dușul și nu se va uda bandajul, o să am grijă, o să vezi. Totul va fi bine.

Kate zâmbi obraznic la el, știind ce însemna pentru el un duș făcut împreună, dar Ryan râse și-i spuse:

-Nu în seara asta, iubito. Ești rănită și nu ți-aș face așa ceva.

-Vorbești de parcă ar fi o corvoadă, Kate replică nu foarte satisfăcută de răspunsul lui.

-Nu, draga mea, dar ești și rănită și obosită. Aș fi un ticălos nermernic dacă aș face dragoste cu tine în seara asta. Nu fac nici un fel de promisiuni pentru mâine, dar în seara asta, mă voi mulțumi să te țin în brațe cât dormi. Hai, să scoatem hainele de pe tine ca să faci duș înainte să vină băieții înapoi, Ryan spuse, începând să-i ridice bluza fără mâneci. Apoi, o lăsă să-l conducă în baie.

CAPITOLUL 20

După o noapte fără evenimente și un mic dejun satisfăcător, cel puțin în opinia lui Adam, căruia îi plăcea să mănânce bine, aparent, Ryan l-a contactat pe Mark și i-a spus despre aventura pe care au avut-o în noaptea precedentă.

-Acum am o idee clară cine e persoana care ne interesează, Mark îi spuse lui Ryan. A doua cea mai bună echipă a mea se ocupă deja de problemă. Știi că voi sunteți cea mai bună echipă pe care o am, Ryan... Oricum, ar trebui să se termine cu toate problemele astăzi.

-Asta-i nemaipomenit, Mark, Ryan îi replică. Și apropo, tipii ăia sunt cea mai bună echipă pe care o ai. Noi am ieșit complet din peisaj, ți-amintești? sublinie el.

Adam și Nick aprobară dând din cap, iar Kate îi oferi un zâmbet strălucitor, fericită că nu vor mai fi în pericol.

-Ești sigur, Ryan? Este din cauza acestui fiasco? Mark întrebă, nedorind să-i lase pe cei mai buni oameni ai săi să se pensioneze.

-Știi foarte bine că deja ne hotărâsem să nu mai luăm nici un fel de misiuni, Mark. Înainte de a se întâmpla toate astea. Eu vreu să mă însor, iar Adam...

-Vrei să te însori, îl întrerupse Mark șocat, iar apoi începu să râdă. Cum naiba vrei să te însori dacă nici măcar nu ai o femeie cu care să te însori? Faci mișto de mine, frate.

-De fapt, am o femeie pe care să o iau de nevastă, Ryan îi replică și îi zâmbi lui Kate care îl ținea de mână. Ne vom căsători până la sfârșitul săptămânii dacă am un cuvânt de spus în această situaţie, spuse el privind-o pe Kate pentru a-i vedea reacţia.

Ea îi zâmbi larg şi îşi dădu consimţământul cu o rapidă mişcare a capului. Nu era ca şi cum nu se gândise şi ea la asta, în special după ce el o ceruse de soţie.

Dorea să se mărite cu el pentru că ştia că viaţa lor împreună nu va fi niciodată plictisitoare. Cum ar fi putut fi, cu discuţiile lor continue, cu conversaţiile lor interesante şi cu felul în care făceau dragoste...

Nu, Ryan era cea mai bună alegere pentru ea. Avea puterea şi inteligenţa care i-ar fi plăcut la un bărbat şi putea să o surprindă tot timpul deoarece ea nu-i putea citi gândurile.

Îşi dăduse seama că asta era ce îşi dorea, chiar dacă nu fusese conştientă de dorinţa ei. Dorea un bărbat ca el, cineva pe care nu-l putea citi ca pe o carte deschisă.

Kate ştia că va avea dubii uneori şi chiar dureri de inimă ocazionale dacă nu frecvente, dar oricum părea mai bine decât alternativa. Ar fi fost plictisită până la lacrimi înainte de finalul lunii cu un bărbat pe care-l putea citi fără probleme.

-Se pare că am un cuvânt de spus în problema asta, Mark, aşa că voi fi un bărbat însurat până la finalul săptămânii, frate, Ryan anunţă cu mai mult entuziasm decât manifestase vreodată.

-Iar eu nu sunt invitat, înţeleg, spuse Mark pe un ton sec.

Ryan schimbă o privire cu Kate şi când ea acceptă, îi spuse lui Mark:

-De fapt, dacă mai eşti în Montreal până la finele săptamânii, ne-ar place să te avem aici.

-În regulă, aşa mai merge, replică Mark bucuros. Acum lasă-mă să termin cu tipii ăia, iar apoi ne întâlnim. Sună-mă după vreo două ore, Ryan. Ar trebui ca totul să fie aranjat până atunci, Mark spuse cu o voce implacabilă, iar apoi deconectă apelul.

Ryan o privi interogativ pe Kate.

-Spune adevărul, Ryan. Are un fir şi este confident că îi va avea pe acei oameni în puşcărie în mai puţin de două ore.

Nick se uită de la ea spre Ryan şi din nou înapoi la ea, iar apoi spuse:

-Am fi putut-o folosi în trecut. Imaginează-ţi câte chestii am fi putut evita dacă o aveam cu noi să ne ofere astfel de informaţii.

Adam şi Ryan râseră, iar apoi, Ryan se aplecă şi o sărută pe Kate.

-Curând totul se va termina, dragostea mea, iar noi doi ne vom vedea de viaţa noastră, da?

Ea aprobă fericită şi-l îmbrăţişă, fără să se simtă stânjenită că avea spectatori.

EPILOG

Kate s-a măritat cu Ryan sâmbătă dimineața, pe 3 august, în propria ei grădină, cu câțiva prieteni alături de ei. Le invitase numai pe Ellie, Alice și Jeanne, iar Ryan îi avea pe cei trei prieteni ai săi, Adam, Nick și Mark alături de el.

Mark își respectase promisiunea și-i prinsese pe oamenii care-i urmăriseră. Cu câțiva ani în urmă, una dintre celelalte echipe ale sale a decis să lucreze pe cont propriu și una dintre primele lor operațiuni de acoperire fusese distrusă de către Ryan și oamenii lui. De aceea, juraseră să se răzbune pe ei.

Creaseră cea mai recentă misiune cu ajutorul altui agent care se hotărâse să li se alăture. Speraseră că Ryan va accepta misiunea și atunci îl vor putea elimina.

Ziua nunții ei a fost la fel frumoasă și însorită ca și dispoziția lui Kate. Prietenele ei se așteptaseră să fie nervoasă și un adevărat coșmar, pentru că atunci când Kate era nervoasă nu mai putea să-și controleze temperamentul. În mod surprinzător, Kate era calmă și mulțumită de absolut tot.

Nu visase la ziua nunții ei din totdeauna și nu făcuse planuri. Nu era în firea ei. Acum însă simțea că totul era perfect și era fericită că găsise bărbatul potrivit pentru ea, alături de care să-și poată petrece tot restul vieții.

Ryan nu era cel mai comod bărbat din lume și Kate era convinsă că vor avea destule certuri și neînțelegeri, de-a lungul anilor. Cu toate acestea, era convinsă că el era exact ce avea ea nevoie.

În completă opoziţie cu dispoziţia ei însorită, Ryan era varză, ceea ce era de asemenea neaşteptat.

Bărbatul care intrase într-o duzină de situaţii de luptă cu mintea clară şi mâna fermă, era acum speriat şi panica i se vedea în ochii încordaţi.

Îi era teamă că lui Kate nu-i va place inelul pe care i l-a cumpărat. Alesese ceva simplu pentru că simţise că i s-ar potrivi, dar acum avea dubii că a ales corect.

Îi era de asemenea teamă că se va răzgândi şi în ultimul moment va spune *nu*. Asta îl speria atât de rău că abia a respirat până ce a auzit-o spunând 'Da'.

Abia atunci i-a dispărut încordarea şi a devenit omul pe care-l ştia toată lumea, confident şi calm sub presiune.

Adam şi Nick îl priveau şi nu-şi recunoşteau camaradul cu care merseseră în luptă timp de mai mult de un deceniu. Nick îşi tot scutura capul, iar Adam chiar i-a şoptit lui Nick:

-Dacă ajung vreodată aşa, îţi dau frâu liber să mă împuşti, frate. Nu mă voi îndrăgosti niciodată, îţi jur. Dragostea pare să-l facă pe cel mai inteligent bărbat prost ca noaptea.

Nick râse şi-i spuse:

-O să-ţi amintesc de asta, Adam, stai numai să vezi de nu.

Adam îi îndepărtă amuzamentul cu o fluturare a mâinii şi ochii i se îndreptară spre bufetul pe care Kate îl organizase pentru musafiri. Mâncase numai cu câteva ore înainte, dar era flamând din nou şi avea nevoie de combustibil.

BIOGRAFIA AUTORULUI

Rowena Dawn scrie romane de dragoste cu suspans, citeşte romane poliţiste şi se uită la filme de comedie. Îi place la nebunie să se plimbe prin pădure, dar este foarte îndrăgostită de mare.

Are o relaţie de dragoste şi ură cu scrisul romanelor sale şi îţi scoate din minţi câinele când nu se opreşte suficient de des din scris pentru a-l scoate la plimbare.

Şi da, îi place să facă prăjituri şi să coacă pâine. Aparent sunt bune – cererea nu osteneşte niciodată.

Această serie *Jumătatea Perfectă* va avea patru volume şi fiecare volum va fi despre iubire, aventură şi conspiraţii. Aţi întâlnit deja toate personajele masculine în acest prim volum.

În curând va apare al doilea volum din această serie: **OCHI ÎN ÎNTUNERIC.**

Alte romane în limba română scrise de Rowena Dawn:

Meg La Răscruce de Drumuri

Vor apărea în română:

Bărbatul (Aproape) Perfect

Trezirea Beckăi (Vol. I din Seria Familia Winston)

Dilema lui Matt (Vol. II din Seria Familia Winston)

Salvarea lui Jay (Vol. III din Seria Familia Winston)

Atras (Vol. III din Seria Jumătatea Perfectă)

Vă mulţumesc că aţi citit romanul *Cu Dublu Tăiş*, volumul unu din seria *Jumătatea Perfectă*.

Dacă v-a plăcut, vă rog spuneţi-le şi prietenilor dumneavoastră despre el sau scrieţi o scurtă recenzie.

Reclama din gură în gură este cel mai bun prieten al unui autor şi este extrem de apreciată.

Vă mulţumesc,
Rowena Dawn

183

Pentru a auzi despre lansări de carte în viitor, va rog înscrieți-vă la newsletter pe:
www.roxananastase.weebly.com.

Nu vă vor fi trimise alt gen de emailuri.